그것은 벚꽃 같은 사랑이었다

Love under the cherry blossoms

히로세 미이 장편소설
주승현 옮김

제우미디어

✣ 편집자 주 : 원활한 전달을 위해 교토 사투리는 표준어로 번역하였으며,
작중 사투리의 직접적인 언급은 억양의 차이로 표현하였습니다.

그것은 벚꽃 같은
사랑이었다
Love under the cherry blossoms
게미 일러스트
히로세 미이 지음 | 주승현 옮김

프롤로그

"이제 곧 봄이네."

빨간 책가방을 등에 메고 내 앞을 걷는 여자아이가 갑자기 그렇게 말했다.

"정말이네."

여자아이 옆을 걷는 것은 분홍색 책가방을 등에 멘 또 한 명의 여자아이.

잘 보니 그 책가방 측면에는 벚꽃 자수가 놓여 있었고, 꽃잎이 몇 장 흩날리는 디자인으로 되어 있었다.

"나, 벚꽃 엄청나게 좋아해."

분홍색 책가방을 멘 소녀는 아직 꽃이 피지 않은 나무들을 올려다보고, 평범한 풍경 속에 벚꽃의 색채가 보이는 듯한 음색으로 그렇게 말했다.

"나도 정말 좋아해. 매년 봄이 되면 다 같이 꽃구경을 하러 가. 아빠랑 친척 아저씨들은……."

계속 듣고 있던 그녀들의 목소리는 멀어져 가서, 내 귀에는 닿지 않게 되었다.

그건 내가 걸음을 멈췄기 때문이다.

옆을 흐르는 강의 방죽에는 뱀밥이 자라고, 클로버가 불쑥 얼굴을 내민다. 포근한 봄기운과 잔잔한 바람이 주변 풍경을 감싸고 있었다.

완전히 작아져 버린 그녀들의 빨간 책가방과 분홍색 책가방이 봄철에 피는 꽃처럼 보였을 무렵, 나는 조금 전에 들은 말을 떠올리고 있었다.

—'이제 곧 봄이네.'

—'나, 벚꽃 엄청나게 좋아해.'

봄이 다가와 꽤 따뜻해지기 시작했는데도 내 손끝은 이상할 정도로 차가워서, 왼손으로 오른손을 꾹 쥐었다.

매년 아무리 저항해도 봄은 온다.

내게 있어, 우울한 봄이.

제1장

오전 10시 반, 나는 평소처럼 캠퍼스 안을 잰걸음으로 걷고 있었다.

복도 쪽 창문이 반쯤 열려 있었다. 바람에 흔들리는 나뭇잎 소리가 내 귀에, 신록의 숨결이 내 눈에 닿았다.

갓 스무 살이 된 대학교 2학년의 2월 하순. 봄을 고대하고 있는 것만 같은 포근하고 기분 좋은 경치를 바라보며, 나는 리포트를 한 손에 들고 복도를 걷고 있었다.

이 리포트를 츠카모토 교수님께 건네면 나는 떳떳하게 자유의 몸이 된다.

봄방학에는 뭘 할까.

평소보다도 가벼운 발걸음으로 걷고 있는데, 문득 복도

창문이 열린 채라는 걸 알아차렸다.

나는 별생각 없이 복도 창문으로 다가가, 열려 있는 창문을 살짝 닫으려고 손을 뻗었다.

"또 닫는 거야? 기분 좋은데."

그때, 아직 반도 채 닫지 않은 상태인데 누군가가 뒤에서 말을 걸었다. 들은 적이 있는 목소리였다. 천천히 뒤돌아보니, 그곳에 있던 건 세리자와 아야카였다.

"안녕."

그녀는 나와 눈이 마주치자 부드럽게 미소 지었다.

"안녕."

나는 그렇게 대답하며 나머지 절반의 창문을 살짝 닫았다.

"역시 닫는구나."

그녀가 입가에 손을 대고 웃으며 말했다.

내 행동 같은 건 잘 알고 있으면서. 그렇게 생각하면서도, 생각한 것을 그대로 입에 담는 세리자와 아야카의 이 성격은 역시 싫지 않다고 느꼈다.

그녀는 나와 같은 대학, 같은 학부의 학생이다.

긴 검은 머리가 트레이드마크인 그녀. 키가 크고 마른 체형이라 모델 같은 분위기를 띠고 있다. 자신의 미모를 깨닫고 있다고 생각한다.

꾸미지 않는 성격이 그녀의 매력이리라.

* * *

그녀와 알게 된 건 2년 전 4월. 갓 대학생이 되었을 무렵이었다.

심리학 강의를 듣고 있었을 때, 대강의실 창가 자리에 앉아 있던 게 그녀였다.

그녀는 나와 같은 긴 책상 가장 끝, 창가 자리에 앉아 있었다. 그녀의 그때 헤어스타일도 긴 검은 머리였다. 그녀는 긴 머리를 한데 묶고 노트 필기를 하고 있었다.

나는 그녀의 옆모습을 잠깐 바라본 뒤, 살며시 말을 걸었다.

"저기."

"……네?"

'나?'라고 묻고 싶은 듯한 눈으로 이쪽을 본 그녀. 그녀의 그때 눈동자를 지금도 잘 기억하고 있다.

"창문, 닫아 주실 수 있을까요?"

내가 갑자기 건 말에, 그녀는 당혹감이 섞인 표정으로

나를 봤다.

그녀의 긴 머리카락이 창문을 통해 불어오는 따뜻한 바람에 나부꼈다. 그녀의 배경에는 화창하게 갠 푸른 하늘과 선명한 벚꽃이 있다. 그 그림 속의 꽃잎이 바람에 하늘하늘 흩날리며 떨어져 갔다.

아름답네, 라고 생각하기보다 먼저 나는 당황했다.

그리고 생각을 고쳐먹었다.

이 애한테 부탁하지 말고 스스로 창문을 닫자. 반대쪽으로 나가면 금방이다, 라고.

그녀는 초조해하는 내 표정을 알아차린 기색도 없이, 교수나 다른 학생에게는 들리지 않도록 작은 목소리로 내게 말을 걸었다.

"어째서 닫는 거야? 기분 좋은데."

자기 안을 지나간 감정을 감추지 않고 입 밖에 내고 있다.

"뭐, 그렇긴 한데."

"겨우 시원한 바람이 불어온 참인데."

'유감'이라고는 하지 않았지만, 그렇게 말하고 싶어 보이는 표정을 짓고서. 무의식적인 행동이리라. 살짝 입술을 삐죽이는 그녀에게 나는 말했다.

"저, 벚꽃 알레르기가 있거든요."

"어……."

"풍향이 이쪽으로 바뀐 것 같아서, 조금 전부터 대량의 꽃가루가 들어와 괴로워서요."

"정말이야?! 벚꽃 알레르기라니, 그런 알레르기가 있구나! 미안해, 몰라서!"

처음으로 그녀와 이야기하고, 처음으로 내 체질을 털어놓은 것이니까 모르는 게 당연하지만, 그녀는 진심으로 미안하다는 듯이 표정을 흐리고는 재빨리 일어섰다. 그리고 활짝 열린 창문을 닫아주었다.

나는 속으로 한숨 놓았다. 이걸로 조금은 안심할 수 있다.

그렇게 생각한 것도 한순간, 나는 다시 당황했다. 그건 그녀의 행동이 내 상상을 넘어 있었기 때문이다.

'그녀가 앉은 자리에서 가장 가까운 창문만.'

나는 그런 의도로 부탁한 것이었으나, 그녀는 대강의실 계단을 끝까지 내려가서는 가장 아래쪽 창문부터 순서대로 닫았다. 그리고 대강의실 한가운데에 앉은 내 자리마저 지나쳐서, 가장 위쪽 창문까지 순서대로 닫아 갔다.

설마 대강의실의 모든 창문을 닫아줄 거라고는 생각지

도 못했다.

하다못해 내 근처의 창문만이라도.

그렇게 생각했던 나는, 그녀의 예상 밖의 행동에 뭐라 말을 건네야 좋을지 알 수 없었다. 계속해서 창문을 닫는 그녀의 뒷모습을 아연하게 바라보고 있었다.

그녀는 다른 학생이나 수업을 계속하는 교수가 자신을 어떻게 생각하는지 따위는 신경 쓰고 있지 않은 것 같았다.

그런 와중에 주위에서 수군수군하는 속삭임 소리가 들려왔다.

학생들이 말하는 내용까지는 들리지 않지만, 다들 그녀 쪽으로 시선을 향하면서 무언가 이야기하고 있다. 그건 아름다운 그녀에게 보내지는 선망이나 동경의 목소리는 아니라고 생각했다.

분명, 뜨뜻미지근한 교실 속 공기를 가두는 것처럼 창문을 닫는 그녀에게 불만의 목소리가 나온 게 틀림없다.

이렇게 될 거였다면 역시 처음부터 스스로 닫을 걸 그랬다.

창문을 전부 닫은 그녀는 빙글 돌다시피 이쪽을 향하고는, 후회하는 나에게 최고의 미소를 보이며 말해주었다.

"이걸로, 괜찮아?!"

라고.

그 순간, 견고한 내 마음의 벽은 활짝 열렸다.

'벚꽃'과 마찬가지로 '여자'가 거북했던 내 앞에, '세리자와 아야카'라는 이름을 가진 한 명의 인간이 나타난 순간이었다.

그 이후로 그녀와 나는 선택 수업에서, 싸고 맛있는 학식을 먹을 수 있는 식당에서, 캠퍼스 안의 회색 소파에서, 편의점보다도 조금 싸게 살 수 있는 자판기 앞에서 우연히 만날 때마다 서로 말을 걸고 이야기하게 되었다.

나와 그녀가 친구가 되고 나서, 이제 곧 2년이 지난다.

* * *

"아직 벚꽃 안 피었는데?"

그녀가 복잡하다는 듯이 인상을 찡그리고는 말했다.

"뭐, 왠지 모르게 그냥. 닫는 걸 깜박하지 않도록 말이야."

그렇게 말하며 얼버무렸지만, 세리자와는 계속해서 말을 이었다.

"이치이는 언제나 창문을 닫고 있는 느낌이 들어."

"그럴 리 없잖아."

우리는 웃으면서 복도를 걷기 시작했다. 그녀의 손에도 리포트로 짐작되는 것이 있다. 이 근처에 볼일이 있다는 건, 나와 마찬가지로 심리학부의 츠카모토 교수님한테 가는 것이리라.

"알레르기는 평생 안 나아?"

옆을 걷는 그녀는 미소를 지으며 나를 봤다.

"사람마다 다른 것 같아."

나는 그렇게 말하며 복도를 힐끔 봤다. 길게 이어지는 복도의 창문은 어느 것이고 전부 활짝 열려 있다.

전부 닫으며 걷는 건 정신이 아찔해지는 작업이다.

아니, 아직 봄이 아니니까 닫지 않아도 괜찮지만.

봄이 가까워지면 내 마음은 불안해져서, 창문을 보면 닫아야겠다는 생각이 들고 만다.

그 버릇을 달고 살아온 지도 벌써 10년이 된다. '벚꽃 알레르기'증세가 나타난 게 마침 10살 때였다.

그녀는 창문을 물끄러미 바라보는 나의 심리 상태를 알아챈 것처럼, 넌지시 말했다.

"역시 신경 쓰여? 이제 곧 벚꽃의 계절이니 말이야."

"뭐, 그렇지."

솔직히 대답하자 그녀는 하얀 숄더백에서 일회용 마스크를 꺼내 건네주었다.

"마스크?"

"어째 낯빛도 안 좋고, 마스크라도 쓸래? 조금은 진정될지도 몰라."

"고마워."

나는 고맙다는 말을 하고 마스크를 썼다.

"우와!! ……와아아……아하하하하!"

마스크를 쓴 내 모습을 본 그녀는 정색하고 놀라더니, 잠시 후 배를 움켜쥐고 웃기 시작했다.

"과연, 평소에 마스크를 쓰지 않는 이유를 알았어."

"……뭐야."

"원래부터 안 좋은 인상이지만, 지금 얼굴은 지독해!!"

제일 지독한 건 너의 그 말이야, 라고 나는 생각했다.

"널 보고 인상이 안 좋다고 하는 건 세리자와 아야카 정도지."

오늘도 옆자리에서 곱빼기 정식을 먹는 건 무라야마 요시키. 내 친구다.

싸고 맛있는 학식은 무료로 밥을 곱빼기로 받을 수 있다. 요시키의 밥은 언제나 곱빼기다.

오늘은 "아주머니, 더 많이요!"라는 말을 들은 아주머니가 평소보다 훨씬 큰 동작으로 밥을 퍼서, 특대 곱빼기가 되었다.

밤을 새워서 리포트를 마무리했다고 하는 요시키의 눈 밑에는 커다란 다크서클이 있었다. 이렇게나 초췌한 모습을 하고 있으니, 리포트를 제출했으면 빨리 집으로 가면 될 텐데 싶었지만 요시키는 학식을 빠뜨리는 법이 없다.

"고학생의 휴식처야!"라든지, "봄방학이 시작되면 한동안 이곳에는 올 수 없잖아!" 같은 말을 하면서 특대 곱빼기 정식을 먹고 있다.

갓 지은 밥의 좋은 냄새가 풍기는 학생식당은 안뜰과 이어져 있고 한쪽 면 전부가 유리창으로 되어있어서, 안에서 잔디가 아름다운 안뜰을 바라볼 수 있다.

먼저 다 먹은 나는 멍하니 그 풍경을 바라보고 있었다.

"아."

그때, 불현듯 목소리가 새어나왔다.

"뭐야?"

요시키가 젓가락으로 햄버그를 잡은 채, 창을 들여다보

고는 뒷말을 계속했다.

"호랑이도 제 말하면 온다더니."

요시키는 히죽히죽하며 말했다.

그곳에는 곧은 검은 머리를 바람에 나부끼며 걷는 세리자와 아야카의 모습이 있었다.

그녀는 노트 몇 권과 교과서를 품에 안고 친구와 담소를 나누며 걷고 있다.

"역시 세리자와 정도지. 널 보고 인상이 안 좋다고 하는 건."

조금 전에 들었던 말을 요시키는 한 번 더 말했다.

"그런가?"

나는 세리자와 아야카의 모습을 눈으로 좇으면서, 흰 쌀밥을 입에 넣는 요시키에게 말했다.

뭐, 나와 친근하게 이야기하는 여자가 세리자와 아야카 정도라는 의미라면 이해는 되지만.

"타카야는 인상이 안 좋다기보다는, 다가가기 어려운 거잖아? 생긴 건 반듯한데, 옛날부터 여자를 멀리하는 부분이 있으니까 말이지."

"하아……."

이 말, 옛날부터 요시키한테, 아니 요시키뿐만 아니라

여러 친구한테 들은 적이 있다.

나한테서는 가까이 오지 말라는 아우라가 나오고 있다. 특히 여자 상대로, 라고.

인상이 안 좋다는 말을 들은 건 이번이 처음이지만, 눈매가 고약하다는 말을 들은 적은 있다. 그건 콘택트렌즈를 끼기 전인 고등학교 때의 이야기지만.

남들보다도 낮은 목소리 때문에 '화내고 있는 거야?'라며 남들이 무서워한 적도 있다.

확실히 붙임성이 좋은 편은 아닐지도 모르지만, 그 나이 때 남자는 보통 그렇잖아? 라고 언제나 생각한다.

"돼지 목에 진주목걸이라고 하는 거 아니냐~."

요시키가 긴 젓가락을 내게 향하고서는, 젓가락으로 코를 집으려 하기에 바로 피했다.

"저기, 젓가락을 사람한테 들이대지 마!"

"뭐, 확실히 미인이지."

요시키는 내 말을 끝까지 듣지도 않고 세리자와 아야카의 뒷모습을 눈으로 좇으며 그렇게 말했다.

"뭐가 말이야."

짜증이 나기 시작했다. 결국, 요시키가 무슨 말을 하고 싶은 건지 전혀 알 수가 없다.

"결국, 너는 세리자와 아야카 정도 되는 여자가 아니면 여자로서 인식하지 않았다는 건가."

"뭐라고?"

"뭐, 잘됐어. 타카야의 첫사랑이 대학에서 시작돼서."

"그럴 리 없잖아."

5교시 수업은 제2교실에서 있는 걸까. 그녀의 모습이 작아지고, 이윽고 사라져 갔다.

"정통파 미녀가 취향이었던 거군. 뭐, 저 애가 싫다는 남자는 남자가 아니지."

아직도 그 얘기다.

"그러니까, 아니라고 하잖아."

나는 그렇게 말하면서 요시키의 새우튀김 하나를 빼앗았다.

"타카야, 너!"

"받아간다~."

"웃기지 말라고!"

"와하하."

여느 때와 다름없는 나날이었다.

* * *

"이치이……, 이치이 타카야!"

"어? 아아. 세리자와."

며칠이 지난 어느 날의 일이었다.

그날의 강의가 전부 끝나, 정문을 나섰을 때 새된 소리가 들려왔다.

목소리가 나는 쪽에는 세리자와 아야카가 서 있었다.

"지금 가는 거야?"

부드러운 봄바람에 온갖 나무들의 우듬지가 흔들리고, 그녀의 검은 머리마저도 나부끼고 있었다.

세리자와 아야카는 긴 머리카락을 높은 위치에서 묶고 있었다. 묶은 그 머리가 마치 말의 꼬리 같다고 느꼈다. 그러고 나서 과연, 포니테일이라는 건 이 헤어스타일을 말하는 건가, 라고 생각했다.

"그래."

그녀의 질문에 나는 검은 머리카락을 보면서 대답했다.

"세리자와는?"

"지금부터 아르바이트."

"아르바이트는 어디서 하는데?"

"카페야. 최근에 역 근처에 생긴 '시나몬'이라는 카페. 폭신폭신한 수플레가 유명한 가게야. 물론 알고 있지?"

"……몰라."

"정말로?"

"거짓말할 필요가 있나?"

"확실히. 없네."

그녀는 그렇게 말하고는 씩 웃었다.

평소보다도 높은 위치에서 묶인 검은 머리카락이 출렁 흔들렸다.

"가게도 모르고, 수플레도 몰라."

"어? 수플레도 몰라?"

"모른다니까."

"정말로 도내의 대학생이야?!"

그녀는 그렇게 말하며 깔깔 웃었다.

나는 유행에는 어둡고 여자애가 좋아하는 것도 모르지만, 그렇게까지 말하지 않아도 되잖아, 라고도 생각했다.

"여자친구랑 안 가?"

"여자친구, 없으니까."

"……좋아하는 사람은?"

"없어."

"……흐음~."

뭘까. 우리 둘을 둘러싼 공기가 한순간에 얼어붙은 것 같은 느낌이 들었다.

흐음, 이라고 말한 뒤로 세리자와는 아무 말도 하지 않게 되었고, 나 역시 무슨 말을 해야 좋을지 알 수 없었다.

엷은 회색 얼음으로 뒤덮인 공기는 잠시 후 금이 갔고, 그 틈새로 완전히 가라앉은 공기가 흘러들어왔다. 무겁고 어색한 공기였다.

뭔가 쓸데없는 말이라도 했나?

자기가 했던 말을 생각하면서, 내 머리는 불현듯 다른 걸 떠올리고 말았다.

어느샌가 우리는 캠퍼스 뒤로 뻗은 샛길 양옆으로 이어진, 벚나무길 근처를 걷고 있다는 것을.

역에 가려면 이 길을 곧장 걷는 게 가장 빠르다. 그녀가 아르바이트하는 곳이 역 앞이라 했으니, 이대로 쭉 걸어가는 것이 가장 빠른 방법이리라.

하지만 나는 평소에 이 길을 이용하지 않는다.

대학에 들어오고 나서, 줄곧 벚나무길로 이어지는 길을 이용하지 않도록 피해왔다.

나는 벚꽃 알레르기 증상이 나타나고 나서, 벌써 10년 가까이 벚나무길을 걷지 않은 것이다.

평소에 버스로 통학하는 세리자와는 이 앞에 있는 벚나무길을 모르는 걸까? 그게 아니면 깜박한 것뿐일까?

답답한 공기에 둘러싸인 채 계속 걸었다.

그녀와의 응어리를 풀고 싶다고 생각하면서도 내 심장 소리는 속도를 더했고, 살짝 식은땀을 흘리기 시작하고 있었다.

이제 곧 벚나무길이 보인다.

스스로 벚꽃에 다가가는 건 생각할 수 없었다. 그것만큼은 피해야만 한다.

"세리자와."

그녀와의 대화가 없어지고 몇 분이 지났을 무렵, 나는 겨우 말을 꺼냈다.

"나, 서점에 들르고 싶으니까."

"어? 그럼, 나도 같이."

그렇게 말하는 그녀에게, 나는 말하고 말았다.

"아르바이트, 열심히 해."

그 말만 하고, 서점이 있는 빌딩 안으로 모습을 감췄다.

"하아, 저질러 버렸나."

크게 한숨을 쉰 나는 아무도 없는 거실 소파에 누웠다.

불현듯 세리자와 아야카의 쓸쓸해 보이는 눈동자를 떠올리고, 또 한 번 한숨을 쉬었다.

이런 짓을 하니까 다가가기 어렵다느니, 가까이 오지 말라는 아우라가 나오고 있다는 등의 여러 말을 듣는 걸까.

나는 자진해서 남이 내게 다가오지 못하게 하는 걸까?

그렇게 생각하니 쓴웃음이 훗 새어 나왔다.

봄이 되면 나는 겁이 많아진다. 그리고 엄청난 거짓말쟁이가 된다.

나는 사실 '벚꽃'이 거북할 뿐. 벚꽃 알레르기가 아니다.

벚꽃 알레르기라는 건 그럴듯하게 생각해 낸 거짓말이다.

그걸 지금까지 누구에게도 털어놓은 적은 없다.

벚꽃이 원인이 되어 힘들어지는 건 몸이 아니라, 정신이라는 것을.

나는 벚꽃이 거북하다. 10살이 되었을 무렵부터—.

별생각 없이 켠 TV에서는 뉴스 프로그램이 방송되는 중이었다. 중계 중인 아나운서는 내일 날씨를 전하고 나자, 작은 플립형 도표를 꺼냈다. 거기에는 '전국 꽃구경 정보'라고 크게 쓰여 있었다.

아나운서 뒤로 비치고 있는 건 본 적이 있는 풍경이었다.

"어라? 교토잖아?"

어느샌가 거실로 온 엄마가 TV를 보면서 말했다.

"우와. 깜짝 놀랐네. 외출했던 거 아니야?"

"옆방에서 다리미질하고 있었어."

"그, 그렇구나."

엄마는 그렇게 말하며 부엌으로 향했다. 슬슬 저녁 준비라도 하려는 것이리라.

"여기 오카자키지?"

"응."

내 목소리에 엄마는 대답했다. 그곳은 이모가 사는 동네였다.

이모가 사는 동네는 교토다. 이모는 교토 오카자키에서 작은 화과자 가게를 경영하고 있다.

벚꽃 찹쌀떡이나 만쥬 같은 화과자가 맛있기로 유명해서, 어렸을 적에는 나도 자주 놀러 갔었지…….

이모가 만들어 주는 화과자의 맛과, 함께 나오는 가루차의 맛을 떠올리고 있었다. 이모가 만드는 화과자 맛있었지…….

"치에코 이모, 건강하셔?"

나는 부엌에 선 엄마와 시선을 마주치고 물었다.

"최근에 연락을 못 했어. 엄마도 이것저것 바빠서. 무소식이 희소식이라고 하니 안심하고 있는데, 머잖아 연락해 볼까."

"그러네."

그렇게 말했을 때, 교토를 비추는 TV 중계도 끝났다.

엄마는 저녁 준비를 시작했다. 나는 뉴스 뒤에 방송되기 시작한 버라이어티 프로그램에 열중했다.

* * *

"여기… 인가?"

이제 곧 봄방학에 접어드는 대학 2학년의 3월. 모든 리포트 제출을 끝내고, 강의도 전부 끝나 남들보다 먼저 봄방학에 들어갔다.

요시키는 학교에 틀어박혀 아직 제출하지 못한 리포트를 작성하는 모양이다.

방학 전이 되면 학생들은 어느 한쪽 유형으로 나누어진다고 언제나 생각한다. 나처럼 뒤로 미뤄두지 못하는 유형과 시간이 아슬아슬해지지 않으면 할 수 없는 유형.

나는 흉내도 못 내지 싶은 것이, 요시키 같은 유형의 방식이다. 하지만 요시키 같은 유형은 절박한 상황에 놓이면 엄청난 힘이 나오는 모양이다. 그 힘은 특히 자신의 잠재능력마저도 끌어낸다고, 어떤 책에 쓰여 있었던 것 같은데…….

내게서는 나오지 않는 그 힘을 조금 부럽게 생각하기도 한다.

하지만 나한테는 무리이려나. 미뤄둔다니, 상당한 스트레스가 된다.

학교에 틀어박혀 리포트 상대로 머리를 감싸는 요시키의 모습을 상상하면서, 내가 향한 곳은 역 앞의 카페였다.

"여기 수플레, 맛있었지."

"역시 잡지에서 크게 다뤄질 만하네!"

그렇게 말하면서 나온 것은 여고생 두 명이었다.

"그리고 그 점원분도 엄청 예뻤지!"

"잡지에 실려 있던 대로였어."

"동경하게 되네-."

여성이 여성을 동경하는 모습을 처음 본 느낌이 든다. 아쉬운 듯이 가게를 바라보며 대화하는 그녀들은 "또 오자!", "그래!"라며 이야기를 마무리 짓고는 떠나갔다.

분명 세리자와 아야카의 이야기를 하는 것이라고 생각했다.

이 가게의 중앙에 걸린 가게명은 '시나몬'. 그녀가 아르바이트하고 있다 말했던 카페이기 때문이다.

천천히 문을 열었다. 생각했던 것 이상으로 무거운 문에 놀라면서, 손에 힘을 주어 밀자 딸랑, 하는 방울 소리가 났다. 방울 소리를 신호로 돌아본 것은 작은 몸집에 갈색 머리 여성이었다.

"어서 오세요. 혼자이신가요?"

내 뒤를 확인하고 나서 그렇게 말한 점원에게 "혼자예요."라고 대답하자, 조금 전보다도 아름다운 미소를 보여주었다.

무척 느낌이 좋은 카페다. 아니, 카페라기보다 찻집에 가깝네, 라고 나는 직감으로 느꼈다.

점원을 따라 걷기 시작했다.

세리자와 아야카는 어디에 있는 걸까?

고개를 두리번두리번 움직이며 걸었지만, 결국 그녀를 찾지 못한 채 나는 지정받은 자리에 앉았다.

"주문이 정해지시면 불러주세요."

그렇게 말하는 점원에게 "네."라며 미소를 짓고, 메뉴를 본 뒤 주문할 것을 정했다. 그리고 천천히 고개를 들었다.

점원을 찾는 것처럼 주변을 둘러보자, 카페의 주방이 보였다. 그녀는 그곳에 있었다.

세리자와 아야카는 하얀 블라우스 위에 검은 앞치마라는, 놀랄 정도로 시크한 유니폼을 입고 있었다.

잡지에 실릴 정도의 카페니까, 고등학생 두 명이 동경할 정도인 사람이니까 분명 화려한 유니폼을 입고 있을 게 틀림없다고 생각했던 내 상상은 180도 뒤집혔다.

하지만 그 모습은 무척 아름다웠다. 그 유니폼은 그녀의 매력을 최대한으로 끌어내고 있는 것처럼 보였다.

나는 물끄러미 그녀를 바라보았다.

그녀는 이쪽을 알아차리지 못한 채, 묵묵히 일하고 있다.

나는 블렌드 커피를 주문하고 그녀의 모습을 보고 있었다.

알아차려주려나. 알아차리면 뭐라고 말을 걸어야만 할까.

어제 돌아가는 길에 무거운 분위기인 채로 헤어지고 만 것을 후회하고 있었다.

'겨우 타카야의 첫사랑이 시작됐네.'

문득 요시키의 말이 뇌리를 스쳤다. 나는 미소를 훗 지었다.

그게 아니다. 그런 게 아니다.

나는 그저, 이성(異性)을 한 번 더 믿을 수가 있을 것 같아서, 그저 그걸 기뻐하고 있다.

벚꽃을 싫어하게 되고 나서부터, 나는 요시키의 말대로 여자를, 이성을 피하며 살아왔다.

그렇다고 해서 이성이 싫은 건 아니다. 연애도 하고 싶다고 생각한다.

세리자와 아야카는 내가 유일하게 마음 편히 이야기할 수 있는 '여자'인 것이다.

'어제는 안 좋은 분위기에서 헤어져서 미안.'이라고 말해야 하나?

그게 아니면 '근처에 들른 김에 와봤어. 좋은 가게네.'하고 아무 일도 없었던 것처럼 말해야만 할까?

이성과 접하지 않은 공백기가 긴 내게는 조금 허들이 높은 행위였지만, 어째서인지 마음은 두근거리고 있었다. 세리자와 아야카와 빨리 화해를 하고 싶다고 생각했다.

그녀가 주방에서 내가 주문한 커피를 내리고 있다. 그리고 내 자리까지 가지고 와줄 것이다.

그런 막연한 기대는 이루어지지 않았다.

커피는 조금 전 자리를 안내해 준 여자아이가 내게 가지고 와주었고, 커피를 다 내린 세리자와 아야카의 모습은 어느샌가 주방에서 사라진 상태였다.

"저기요."

나는 테이블 위에 커피를 내려놓는 그녀에게 말을 걸었다.

"네."

"주방에 있던 분, 세리자와 씨죠?"

"네. 맞아요. 아는 사이세요?"

"예. 대학 동기라서 가능하면 이야기를 조금 하고 싶은데요."

나는 그렇게 말하면서 주방을 힐끔 봤다. 그녀는 조금 전까지 그곳에 있었다.

"아……, 주방에 있었던 것 같은데, 휴식하러 갔나? 뒷문으로 나갔을 거라고 생각해요."

"그런가요."

그녀는 뒤이어서 "휴식 시간은 한 시간 정도예요."라고 가르쳐 주었다.

나는 커피를 남겨둔 채, 가게를 나와 뒷문으로 돌아갔다. 한 시간이나 기다리고 있을 수는 없고, 아르바이트 중인 그녀에게 말을 거는 것보다도 휴식 중인 그녀에게 말을 거는 쪽이 폐를 끼치지 않고 이야기하기 편할 것이라 생각했기 때문이다.

점포 입구를 나와 시계 방향으로 가게 밖을 걸으니 금방 뒷문이 보였다. 뒷문 앞에는 좁은 통로가 있고, 길을 따라 쓰레기통 몇 개가 늘어서있다.

그곳은 흡연 구역으로도 되어 있는 모양이라, 은색 원기둥꼴 재떨이가 놓여있었다.

거기에 키가 큰 남자와 세리자와 아야카가 있었다.

남자는 긴 손가락에 담배를 끼우고 담배를 피우고 있었다. 그 행위는 남자만의 것이 아니었다. 세리자와도 담배를 피우고 있었다. 검지와 중지로 끼운 담배의 연기를 몸안으로 들이마시고는, 후우 하고 바깥을 향해 내뱉었다.

무척 기분이 좋아 보이는 그녀의 표정은 본 적이 없는 것이었다.

그건 실로 불가사의한 풍경으로 보였다.

그곳에 있는 건 분명 세리자와 아야카인데, 다른 사람처럼 보였기 때문이다.

처음 보는 평소와 다른 그녀의 분위기에 나는 당황하고 있었던 모양이다. 자연히 다리가 움츠러들었다.

세리자와는 키 큰 남자가 무언가 물어보자, 나른한 듯이 고개를 기울였다. 그리고 웃었다. 내 앞에서 보여주는 것보다도 훨씬 입을 크게 벌리고.

남자가 세리자와를 유혹하고 있는 걸까. 그저 대화가 즐거울 뿐인 걸까.

그게 아니면, 남자친구인가……?

그녀를 잘 알고 있다고 생각했지만, 나는 아무것도 모른다.

그녀가 담배를 피우는 것도, 저렇게 입을 크게 벌리고 웃는 것도, 그녀가 내리는 커피가 특히 맛있다는 것도.

나는 그녀에게 가까이 다가가려고 했다. 내가 모르는 그녀에 대해, 좀 더 알고 싶다고 생각한 것이다.

천천히, 다가갔다.

두 사람과의 거리가 줄어들자, 남자의 말소리가 분명하게 들렸다.

"그래서, 어떻게 됐어? 그 남자 너한테 빠졌냐?"

누구를 말하는 것일까?

내가 모르는 아르바이트 동료 이야기일지도 모른다.

귀 기울여 들을 생각은 없었지만, 어쩐지 가까이 다가가기 힘든 분위기를 느껴 다시 멈춰 섰다.

"빠지고 뭐고, 정말로 그저 친구라니까."

그녀는 조금 난처한 표정으로 그렇게 말했다.

"흐음. 세리자와 상대로 눈길도 주지 않는 남자가 있구만."

"음… 최근에는 조금 좋은 느낌이려나 싶을 때도 있는데 말이야…… 뭔가 좀 말이지……."

거기까지 말했다가, 그녀의 말문이 막혔다. 남자가 그녀에게 다가가 얼굴을 가까이 댔다.

"뭔데?"

"걔, 봄이 되면 조금 이상해져……."

"이상해진다니?"

"자기는 벚꽃 알레르기라고 하는데, 그런 느낌이 아니거든. 뭐라고 할까…… 조금……."

"조금?"

"무서워."

"……."

"걔, 봄이 되면 눈이 다른 사람처럼 변해."

"……."

"정말로 고백해도 괜찮은 건지, 봄철의 개를 보면 난 주저하고 말아."

"봄철의 그 녀석은 싫어하는 거야?"

"응…… 좋아하지 않아."

묵직한 고통이 가슴 한가운데를 갈랐다.

그녀가 말하는 '개'가 나라는 것을 알았으니까.

그리고 여름철의 나, 가을철의 나, 겨울철의 나는 좋아하지만…… 봄철의 나는 좋아하지 않는다고 그렇게 분명히 말했기 때문이다.

나도, 봄철의 내가 싫다.

어째서 그걸 몇 년 전에 알게 된 타인이 받아들여 줄 것이라고 생각한 걸까.

자기 자신도 받아들일 수가 없는데.

몸 안에 퍼진 슬픔은 갈 곳도 없이, 내 모든 것을 침식해 나간다. 손끝까지 저릿함이 퍼졌을 때, 내 주머니 속의 휴대폰이 시끄럽게 소리를 냈다.

"누구야?"

두 사람이 이쪽을 돌아봤다.

"이치이……."

그렇게 말한 그녀의 얼굴에서 핏기가 가셨다.

"근처에 왔으니까…… 들러 봤어. …어제는 …미안."

나는 어찌어찌 입을 열어 몇 번이나 연습한 말을 꺼냈다. 그 이상의 말은 내 안에서 사라졌다.

그녀도 뭐라고 말해야 좋을지 알 수 없었던 것이리라. 부드러운 몸이 막대기처럼 굳어져서, 그저 나를 보고 있을 뿐이었다.

그렇다. 이게 현실이다.

사람에게는 수많은 얼굴이 있어. 수많은 본심이 있어. 그런 건 훨씬 옛날부터 알고 있었던 거잖아. 내 안의 누군가가 그렇게 말했다.

"그럼……."

그 말만 하고, 나는 카페를 뒤로했다.

그녀가 내린 커피를 두 모금 마셨을 뿐이었다.

제2장

휴대폰이 울리고 있다는 걸 알아차린 것은 내가 아니라 엄마였다.

"……타카야, 타카야, 듣고 있니! 휴대폰 계속 울리고 있어!"

그 목소리에 퍼뜩 정신이 들었다.

어떻게 해서 돌아온 걸까. 깨닫고 보니 나는 집에 있는 회색 소파 위에 누워 있었다.

잠들어 있었던 건 아니다. 하지만 요 몇 시간 동안의 기억은 없었다.

계속 켜둔 TV, 소파에 누운 나. 멍하게 있는 내게 말을 거는 엄마.

모든 것이 어제와 같은 상황인데, 시야에 비치는 경치가 일그러져 있는 듯한 느낌이 들었다.

소파의 스프링도 탄성이 균등하지 않아서, 어떤 부분은 단단하고 어떤 부분은 푹신했다.

그러고 보니 조금 전의 엄마 목소리마저 크게 들리는 부분과 작게 들리는 부분이 있었지…….

아아, 또 시작이구나 싶었다.

나는 심하게 지치면 이런 감각에 빠진다.

모든 것이 흐릿해지거나, 혹은 일그러져 보여서 몸에 힘을 넣는 방법을 알 수 없게 된다.

"타카야 보렴, 또 울리잖니."

휴대폰이 또다시 시끄러운 소리를 내며 울리기 시작했다.

착신 화면에 표시되는 문자는 친구인 요시키. 분명 리포트가 무사히 끝나, 마시러 가자며 부르고 있는 것이리라.

알고 있다. 요시키와 만나면 이 불쾌한 감정에서도 조금은 해방될 거라고 생각한다. 그런데도 나는 그 전화조차 받을 기력이 없었다.

"잘못 걸려온 전화겠지. 됐어."

"얘가 왜 이런대."

엄마는 그렇게 말하고는 2층으로 사라졌다. 널어뒀던 빨래를 걷으러 간 것이리라.

여전히 소파에 누워 있는 나는 근처에 있던 노란색 꽃무늬 쿠션을 베개 대신으로 삼고는, 멍하게 TV를 바라봤다.

TV에는 벚꽃이 잔뜩 비치고 있었다. 이제 곧 봄이지만, 벚꽃은 아직 피지 않았다. 개화 전부터 꽃구경 특집이 편성되거나, 개화시기를 발표하는 뉴스가 연일 방송되는 등 모두가 벚꽃이 피는 걸 기대하고 있다.

일본인의 벚꽃 사랑은 정말 엄청나다고 생각한다. 세상에서 벚꽃을 가장 사랑하는 것 아닐까.

일그러진 그림이 부예져 간다. 흐릿해진 벚나무들의 풍경은 어느새가 한 장의 분홍색 도화지로 변했다.

"그러고 보니, 어제 연락했어."

분홍색 화면을 바라보고 있는 내게 목소리가 날아들었다.

엄마다. 벌써 빨래를 걷은 걸까. 멍하게 보내는 시간은 눈 깜짝할 사이에 지나간다. 나는 엄마의 얼굴을 보지 않은 채 대답했다.

"누구한테?"

"치에코 이모 말이야. 요새 연락을 못 했다고 말했었잖니?"

"응, 그랬지."

그 이야기도 꽤 옛날에 한 대화처럼 느껴진다.

"어땠어?"

흥미는 없다. 하지만 무의식적으로 물어봤다.

"치에코 이모 큰일인 것 같아."

"무슨 일인데?"

"네 이모부가 허리를 삐끗해서 말이야. 지금 한창 바쁠 때인데, 혼자서 가게를 보고 있대."

"……흐음."

이 분위기, 대화의 흐름. 어쩐지 좋지 않은 예감이 든다.

"타카야, 봄방학 때 교토에 가보지 않을래?"

"뭐어?!"

자신도 놀랄 정도로 큰 목소리가 나왔다. 그리고 무의식적으로 소파에서 벌떡 일어나있었다.

"중요한 일도 없잖아. 그러면 치에코 이모네 가게를 도와드리고 와. 정말로 난처한 것 같으니 말이야."

치에코 이모와 이모부 사이에 자식은 없고, 줄곧 두 분이 화과자 가게를 경영해 왔다.

교토의 '철학의 길'이라 불리는 비와호 수로변 산책길에 맛있는 화과자 가게가 있다고 TV에서 소개된 이후로는 특히 바빠졌다는 것 같다.

"봄철이 특히 바쁘대. 너도 알잖니."

엄마의 말을 듣고 떠올린 것은 어릴 적에 갔던 철학의 길 풍경이었다.

쿠마노냐쿠오우지 신사 앞 수로에 놓인 냐쿠오우지 다리에서 은각사 다리까지 약 2km에 걸친 철학의 길에는 전 세계 사람들이 아름다운 경치를 보고자 찾아온다.

길가에는 벚나무를 비롯해 철쭉이나 삼지닥나무가 심겨 있어 계절마다 사람들의 눈을 즐겁게 해 준다. 특히 봄에는 만개한 벚꽃이 아름답다.

다들 멋진 봄날의 경치에 감탄하면서, 산책길 도중에 발견한 작은 화과자 가게에서 이모부와 이모가 만든 화과자를 먹고 있었다.

"그건 알지만……."

그래서다. 그렇기 때문이다. 나는 그리 생각했다.

벚꽃을 보고자 다양한 사람들이 오가는 마을에, 벚꽃을 껄끄러워하는 내가 가도 되는 걸까?

또 남들에게 폐를 끼치는 것 아닐까? 남들이 또 나를 싫어하지는 않을까?

그런 걱정을 할 바에야, 나는 올해도 벚꽃이 질 때까지 온 힘을 다해 이곳 밖으로 나가지 않는 생활을 하는 게 낫지 않을까?

온갖 생각이 머릿속을 빙글빙글 휘젓고 다닌다.

어른이 된 자신의 눈으로 아름다운 경치를 보고 싶다고 생각하는 마음과 치에코 이모가 걱정되는 마음, 이 이상 상처 입히고 싶지 않다는 마음이 뒤섞이고 있다. 답을 알 수 없게 된다.

"가끔은……."

곤혹스러워하는 나에게, 엄마가 타이르듯이 말을 꺼냈다.

"느긋하게 지내다 오렴-."

* * *

"곧 교토에 도착합니다. 토카이도선, 산인선, 코세이선, 나라선과 킨테츠선을 이용하실 승객께서는 환승하여 주십시오. 오늘도 신칸센을 이용해 주셔서 정말로 감사합니다. 본 열차는 곧 교토, 교토에 도착합니다."

열차 안내방송을 듣고 짐을 정리했다.

나는 10년 만에 이모부와 이모가 사는 동네인 교토로 왔다.

교토의 현관이라고 할 수 있는 교토역은 버스나 철도가 출발하는 교통의 요지라, 다양한 상업시설이나 숙박시설이 인근에 많이 세워져 있다.

나는 근대적인 건물 내부를 바라보면서 중앙 출구로 나왔다.

오른편에 큰 계단이 보인다. 이 계단을 기억하고 있다. 기억이 한 오라기 실처럼 이어져 일깨워진다.

이 큰 계단을 지나가면 백화점과 바로 이어져 있었지. 근대적인 건물 가운데로 길게 이어지는 큰 계단의 중앙에 광장이 있는데, 당시 그곳에서 댄스 공연이 열리고 있었다.

당시 초등학생이었던 나는 남녀 네 명으로 구성된 업 템포 댄스에 매료되어서, 빨리 백화점에 들어가자던 아빠와 엄마가 기다리는 것도 아랑곳하지 않고 공연이 끝날 때까지 줄곧 앉아서 보고 있었다.

댄스가 끝나자 큰 계단에서 바로 이어진 백화점으로 들어가 말차 파르페를 먹은 걸 기억한다.

어린 시절의 추억에 젖으며 큰 계단 옆을 지나 교토역을 나오자, 눈앞에는 하늘 높이 뻗은 커다란 교토 타워가 보였다.

교토 타워를 눈앞에서 보고 생각했다.

정말로, 교토에 왔구나…….

나는 고개를 숙여 가지고 있던 지도를 보고 이 근처이려나, 하고 표시한 뒤 버스 정류장을 향해 걸었다.

이모 댁에 가기로 약속한 건 오늘 저녁이다.

낮에 교토에 도착한 나는 이모와 약속한 시각까지 혼자서 교토를 산책하려고 생각했다.

10년 만의 교토. 게다가 혼자서 하는 여행. 잘 돌아볼 수 있을지는 자신이 없었지만.

나는 오카자키로 향하는 버스에 올라탔다.

빈 좌석에 앉아 멍하게 바깥 경치를 바라보면서, 전화 너머로 들은 이모의 목소리를 떠올리고 있었다.

『그 꼬맹이 타카야가 진짜로 교토에 와주는 거니?』

『이모, '꼬맹이 타카야'라고 부르는 건 그만해 주세요.』

『이모가 보기엔 '꼬맹이 타카야'는 언제까지고 '꼬맹이 타카야'야. 귀신이 무서워서 혼자 방에 못 있겠다면서, 어디 갈 때도 이모 같이 가줘~, 그렇게 말하던 정말 귀여운 꼬맹이 타카야.』

『이제 '꼬맹이 타카야'라고 부르는 사람은 이모 정도라고요. 저도 이제 스무 살이라니까요.』

『그런가. 꼬맹이 타카야도 벌써 스무 살이 된 거네. 앞으로는 조심하도록 할게.』

날 몇 살이라고 생각하며 이야기하고 계셨던 걸까.

그렇게 쓴웃음을 지으며 나는 이모의 이야기를 듣고 있었다.

불쾌한 감정은 손톱만큼도 없었다. 엄마와 비슷할 정도의 애정을 쏟아 준 이모를 그 무렵부터 줄곧 좋아했고, 이모의 말투나 이모가 웃는 방식, 온화하게 내는 목소리도 좋아했다. 그리고 무엇보다 이모부와 이모가 만드는 '키쿠야'의 화과자가 세상에서 제일 좋다.

'키쿠야'의 화과자, 빨리 먹고 싶네…….

작은 화과자 가게 안에 있는 주방에서 이모부가 하나하나 정성 들여 화과자를 만들어나가는 모습을 떠올렸다.

그 거칠고 커다란 손에서 섬세한 화과자가 잇따라 나타난다.

그건 장마가 내리던 시기였다.

어린 나는 유리창 너머로 몰래 주방을 엿보고 있었다.

이모부는 한천액에 단맛을 더해 굳힌 금옥갱이라는 것을 만들고 계셨다.

금옥갱에 적포도주를 넣고 투명한 적자색 한천을 만든다.

그리고 그것을 주사위 모양으로 작게 잘라, 안에 흰 떡소를 넣고 감싼다.

마지막으로 머랭으로 만든 담설갱을 전체에 뿌려 굳힌 '수국'라는 이름의 화과자를 만들어 주셨다.

장마철에 함초롬하게 피는 수국을 멋지게 표현한 그 화과자는 보기에도 아름답고, 맛도 무척 훌륭했다.

장마가 내리는 6월은 은어 철이 시작되는 시기이기도 해서, 은어 모양으로 만든 촉촉한 카스텔라 생지에 규히(求肥)*를 넣고 감싼 '은어구이'를 선물로 챙겨 주셨다. 이것도 매우 맛있었다.

관동에 살고 계셨던 이모는 이모부의 인품과 이모부가 만드는 섬세하고 맛있는 화과자를 사랑하게 되어 이모부가 사는 교토로 옮겨 살게 되었다고 들었다.

어라? 그렇지만 이모부가 허리를 삐끗하셨으면, 지금은 누가 화과자를 만들고 있는 거지?

---

* 화과자의 재료 중 하나로, 찹쌀가루에 설탕이나 물엿을 넣어 반죽한 것

이모부 말고도 제과 직인이 있는 건가? 누군가 대신해서 와 준 걸까?

이번에는 이모부가 만드시는 화과자를 먹을 수 없는 건가…….

그렇게 생각한 순간, 쓸쓸한 기분이 들었다.

나는 화과자를 만들지도 못하니 얼마나 도움이 될지는 알 수 없지만, 할 수 있는 일을 최대한 하고 오자고 마음먹었다.

올라탄 버스가 천천히 움직이기 시작했다. 구름이 끼어 있던 하늘에서 불현듯 빛이 비쳤다.

구름 사이로 태양이 얼굴을 내밀고 있다.

환영해 주는 걸까 싶어 오랜만에 상쾌한 마음으로 하늘을 올려다봤다.

교토, 오카자키의 봄이라고 하면 벚꽃이다.

그런 건 나도 잘 알고 있다.

바로 그래서 지금까지 나는 좋아하는 이모부와 이모가 계신 교토에 올 수 없었다.

하지만 나는 이 마을에 오는 것을 선택했다.

드문드문 보이는 벚꽃에 동요하지 않은 건 아니다.

그래도 이 마을이니까 극복할 수 있을지도 모른다고 생

각하는 것도 분명했다.

봄을, 벚꽃을 무서워하며 사는 건 이제 싫다.

나는 아무도 나를 모르는 마을에서, 다시 한번 새로 시작하고 싶다. 나 자신을 분명하게 알고 싶다.

계기를 만들어 준 엄마와 이모에게 감사하면서 주먹을 꽉 쥐었다. 그 주먹에는 나를 향한 응원이 가득 담겨 있었다.

그런 나의 열의와는 정반대로, 교토의 풍경은 평온하게 흘러간다.

들려오는 것은 줄곧 듣고 싶어지는 귀여운 교토 억양이었다.

"있지~, 어제 완전 맛있는 파르페 가게 찾았다!"

"진짜로?! 어딘데, 어딘데?! 짱 가고 싶다! 담에 데려가 줘."

이 마을이라면 분명…….

또 내 안의 누군가가 그렇게 말했을 때, 문득 조금 전에 들은 엄마의 목소리가 들린 것 같았다.

'가끔은 느긋하게 지내다 오렴. 누구의 시선도 신경 쓰지 말고.'

* * *

버스에서 내린 나는 오카자키 공원으로 왔다.

공원 안에는 시의 문화 시설이 늘어서 있었다. 광대한 토지에 미술관, 도서관을 비롯하여 배구 코트 등도 설치되어 있다.

나는 그것들을 바라보면서 오카자키 공원의 북쪽, 산죠거리에서 신궁길을 북쪽으로 걸어 올라가 붉게 칠해진 커다란 토리이 앞으로 왔다.

내가 목적지로 삼은 장소는 헤이안 신궁*이다.

큰 토리이 밑을 지나 참배길을 계속 나아갔다.

그리고 레이센거리에서 정문을 지나자, 넓은 앞뜰 너머로 대정전(大極殿)의 우아한 모습이 보였다.

한없이 넓은 앞뜰 안쪽에 당당히 자리 잡은 대정전의 스케일에 압도당하고 말았다.

이것이 교토, 헤이안 신궁이구나…….

몰려다니는 관광객의 인파를 무시한 채 멍하게 넋을 잃고 그 아름다운 모습을 보고 있는데, 왼쪽에 '신엔'이라 적힌 입구가 있는 것을 발견했다. 나는 신경이 쓰여 그쪽으

* 헤이안 천도 1100년이 되는 해를 기념해 지은 신사. 봄에는 벚꽃, 여름에는 붓꽃이 만발하여 관광지로 인기가 높다

로 걸어갔다.

아무래도 사전[1]을 감싸다시피 회유식 정원[2]이 펼쳐져 있는 모양이다.

배관료를 내고 잘 정비된 일본 정원의 모래땅에 발을 한 걸음 내디뎠을 때, 나는 멈춰 서고 말았다.

아름다운 연홍색 벚꽃이 하늘을 온통 뒤덮고 있었다.

꽃과 꽃이 서로 겹쳐져 눈에 비치는 것 전부를 벚꽃색으로 물들이고 있다.

무리 지듯이 피는 벚꽃은 마치 분홍색 함박눈으로 만들어진 부드러운 융단 같았다.

살랑 떠오르는 함박눈 같은 융단은 떨어지지 않고, 머리 위에서 계속 흩날리고 있다.

청아하면서도 눈부시게 빛나는, 각별히 아름다운 봄의 경치였다.

그런데도 나의 심장은 두근두근, 하고 크게 울리고 있다.

괜찮다. 아무 일도 일어나지 않는다.

나는 이번 봄에 극복하는 거다—.

그렇게 생각했지만, 그건 거친 처방이었을지도 모른다.

그때, 등 뒤에서 찰칵, 찰칵, 찰칵, 하고 셔터를 누르는

1. 신사의 신체를 모신 건물
2. 못을 중심으로 주위를 거닐 수 있도록 만들어진 정원

소리가 들려왔다.

관광객이 카메라로 봄의 경치를 담고 있었던 것이리라. 보지 않아도 알 수 있다.

"저기."

뒤에서 여자가 말을 걸었다.

그녀가 말을 건 이유는 금방 알았다.

내가 가장 좋은 특등석을 점령하고 만 것이다.

이곳에 온 사람은 모두 이 아름다운 경치를 보는 것이 목적이겠지. 그런 식으로 생각하고 마는 풍경이었다.

나는 고개를 숙이고 옆으로 비켰다.

내게 말을 건 것은 젊은 여성이었다.

대학생처럼도 보이고, 일하기 시작한 지 얼마 되지 않은 것처럼도 보인다.

어느 쪽이든 간에, 그녀와 나는 나이 차이가 그렇게 많이 나지는 않을 것이다.

그녀가 목에 건 커다란 DSLR 카메라를 들여다보며 수양올벚나무의 진홍색 벚꽃 사진을 찍으려 했을 때, 나는 내 몸을 스스로 지탱하지 못하고 그 자리에서 털썩 주저앉았다.

—"저기, 타카야도 부르자."

—"뭐~?! 싫어. 타카야가 있으면 그렇잖아. 왜냐면 지금은 봄이고, 무섭단 말이야."

—"그러네. 그만둘까."

그건 초등학교 5학년생이었을 무렵. 내 주변에서 이상한 소문이 흐르기 시작했다.

봄이 되면 타카야 주위에서는 이상한 일이 자주 일어난다고.

가장 처음으로 일어났던 건 10살 때의 봄이었다.

활짝 핀 벚꽃이 바람에 흩날리던 점심시간이었다.

"타카야, 가자."

우리는 반 친구들 몇 명끼리 축구를 하며 놀고 있었다.

축구부 친구들한테 상대가 될 리는 없었지만, 나는 순수하게 축구를 좋아했고 친구들도 축구를 하는 게 즐거웠다.

그때, 축구부에 소속된 친구가 있는 힘껏 찬 공이 이쪽을 향해 날아왔다.

나는 상당한 속도로 날아오는 그 축구공이 '무섭다'고 생각하고 말았다.

그때였다. 날아오던 공이 갑자기 눈앞에서 사라진 것이다.

"어……?"

"어떻게 된 거야……?"

축구라는 경기에서는 다들 축구공을 주시한다. 그 상황을 모두가 보고 있었다.

친구들은 어리둥절해져 있었다. 물론 나도다.

사라질 리가 없는 것이, 갑자기 눈앞에서 사라진 것이다.

이 일은 별 대단한 사건도 일어나지 않는 평범한 초등학생 사이에서는 엄청난 소동이 되어 있었다.

교실에 축구공을 가지고 돌아가지 않았던 탓에 담임 선생님은 격노했고, 5교시 수업 대신 다 같이 공을 찾으러 가게 되었다. 하지만 축구공은 발견되지 않았다.

그리고 일주일 뒤, 이웃 마을에 있는 벚나무 아래에서 'ㅇㅇ초등학교 5-2'라고 적힌 축구공이 나왔다.

사흘 뒤, 또 내 주위에서 이변이 일어났다.

벚나무 가로수길 근처에 있는 자전거 주차장에서, 자전거가 몇 번이고 사라졌다.

그 자전거는 전부 내 것과 같은 모양의 빨간 자전거였다.

사라진 자전거는 한동안 발견되지 않았고, 아이들은 '내'가 없애버린 것 아니냐며 간간이 자기네들끼리 속삭이게 되었다.

—"이치이, 좋아해. 나랑 사귀어 줘."

—"아니, 나는……."

고등학생이 된 나는 집에서 꽤 멀리 떨어진 고등학교에 입학했다. 같은 초·중학교 아이는 거의 다니지 않는 고등학교를 선택했기 때문이다. 그 고등학교에 갓 입학했을 무렵이었다.

새 교복을 입고, 두근거리는 마음을 숨기며 활짝 핀 벚꽃 아래를 걷고 있었을 때, 모르는 여자애가 날 불러 세웠다. 갑작스러운 일이었다.

그녀는 검은 머리카락을 나부끼며 내 곁으로까지 다가왔다.

손에는 편지 한 통을 들고 있었다. 러브레터라 부르는 물건인 걸까.

그 애는 낯익은 교복을 입고 있었다. 그러니 같은 학교 아이일 것이다. 그건 알고는 있었지만, 나는 그 애의 이름도 모르고 얼굴도 모른다. 물론 이야기한 적도 없었다.

—"이치이, 좋아해. 나랑 사귀어 줘."

—"아니, 나는……."

—"계속 좋아했어."

—"……."

편지를 내밀면서 나를 향해 그렇게 말한 그녀의 말에 가슴이 욱신거리는 소리를 냈다.

—'계속, 보고 있었어.'

그 말이 내 머릿속에서 메아리처럼 반복된다. 내 안의 작은 나는 그 말에 과도하게 반응해서,

'언제부터 보고 있었어?'

'내 과거를 알고 있어?'

'그 무렵의 나를, 수군거림의 대상이 되어버린 나에 대해서까지 알고 있는 거야?'

당시를 떠올리고는 가슴이 괴로워진다.

—'계속, 보고 있었어.'

다시 한번 그 말이 머릿속에서 재생되었을 때, 나는 눈앞에 있는 그녀가 '무섭다'고 생각하고 말았다.

그때였다.

갑자기 눈앞에서 러브레터가 사라졌다.

러브레터가 돌연히 사라지자, 그녀는 "어째서……."라

고 말하며 나를 봤다.

내가 어딘가에 버린 것으로 생각한 걸까.

나는 조용히 고개를 가로저었다. 아무 짓도 하지 않았다.

여자아이는 혼란에 빠져 울기 시작했고, 이윽고 떠나갔다.

그 후로 우리는 학교에서 만나도 서로 모르는 사람인 척 연기했다. 아니, 굳이 말하자면 그녀가 날 피하고 있었던 것처럼 생각된다.

눈앞에서 러브레터를 버리는 심한 녀석이라 생각하고 있었던 걸지도 모른다.

하지만 한 달 뒤, 그녀가 주었을 터인 러브레터가 근처 공원의 벚나무 아래에서 나왔다.

그걸 발견한 반 친구가 칠판에 붙여서……. 구경꾼이 모였고…….

그녀가 울고, 그녀의 친구들이 격노하고……. 날 비난하면서 내게 따지고 들었다.

"나는 아무것도 하지 않았어. 멋대로 사라져 버린 거라고."

그렇게 말해도 아무도 믿어주지 않았다.

머잖아 어딘가의 누군가가 과거의 내 소문을 듣게 되었고, 내 소문은 과장을 더해 퍼져 나갔다.

그 이후로, 나는 벚꽃이 싫어졌다. 봄에는 사람들을 피하게 되었다.

10살 무렵부터 벚꽃에 가까이 다가가면 기분 나쁜 일이 자주 일어났다.

계기는 모르고, 그건 전부 우연일지도 모른다.

지금 생각하면 사소한 것일지도 모르지만, 감각이 너무 마비된 탓에 스스로는 이미 확실한 감각을 알 수 없게 되었다.

하지만 당시의 내게는 사소한 것이 쌓이고 쌓여, 나는 봄이, 벚꽃이, 여자가 껄끄러워진 것이다.

그러니까 벚꽃에만 가까이 다가가지 않으면 된다. 봄에만 눈을 감고 살면 된다.

그렇게 생각하고 있었다.

하지만 올해는 원인을 알고 싶다. 도망치는 게 아니라, 극복하고 싶다.

그렇게 생각하여 이제 막 움직인 참인데—.

눈을 뜨자 그곳은 차 안이었다.

기억이 중간에 끊겨 있다. 나는 어째서 모르는 차에 타고 있는 걸까?

불현듯 창밖에서 붉은색을 띤 빛이 비쳐 들어와 그쪽으로 시선을 향했다. 눈에 비치는 경치는 낯선 것이었다. 손목시계를 보니 시간이 꽤 지나 있었다. 이미 저녁이다.

운전석에 사람의 모습이 보였다. 실루엣은 엄마와 쏙 빼닮았지만, 엄마의 머리카락은 이렇게 짧지 않고, 이만큼 까맣지도 않다.

미용실에 간 걸까? 아니, 차가 다르다.

대체 누구지?

멍한 머릿속으로 생각하고 있다가, 문득 떠올렸다.

……여기는 교토다.

"……치에코 이모?"

"아, 타카야. 이제 괜찮니?"

"네. 괜찮아요……. 저, 어떻게 된 거죠?"

흐리멍덩한 머리를 억지로 움직여 물어봤다.

"타카야가 아침부터 교토 관광을 한다 했는데, 헤매고 있지는 않을까, 괜찮을까 싶어서 걱정돼서 전화했지. 그랬더니 글쎄, 여자애가 전화를 받아선 갑자기 눈앞에서 타카야가 쓰러졌다 하니까. 정신없이 데리러 온 거야."

아아, 그랬었지.

나는 멋들어지게 핀 수양올벚나무의 벚꽃을 목도하고, 그 자리에서 쓰러져 버렸다. 거기서부터는 기억하고 있지 않다.

"그 애가 계속 옆에 있어 줬어."

그런가……. 도와준 사람이 있었구나.

계속 옆에 있어 준 애라는 건, 누구를 말하는 걸까?

내 뒤에서 벚꽃을 보고 싶어 하던 여자일까?

"타카야, 네 호주머니 안에 손수건 들어있지?"

"네?"

나는 자신의 호주머니를 뒤졌다. 정말이다. 하늘색에 꽃무늬 자수가 놓인 처음 보는 손수건이 들어있었다.

"그거, 그 여자애 거야. 열심히 네 식은땀을 닦아주고 있더라."

"그랬군요……."

"타카야가 무사해서 정말 다행이야."

이모가 다정한 목소리로 그렇게 말했다.

차는 도로를 달려 북쪽으로 간다.

완만한 언덕길을 올라가는 차 안에서, 흘러가는 경치를

바라보고 있었다. 멍하게 흔들리고 있던 의식이 천천히 돌아왔다.

도중에 "일단 병원에 한번 가볼까 하는데, 어떻게 할까?"라고 말하는 이모에게, 나는 "단순한 빈혈이니까 괜찮아요."라고 대답했다. 거짓말이지만.

차 안에서 밖을 보고 있었다.

남색 하늘이 서쪽에서부터 붉게 물들어 간다. 노을빛으로 물든 하늘과 석양에 아름답게 비치는 푸르른 나무들. 아름다운 경치라고 생각했다.

서로 아무런 대화 없이 시간이 지나갔다. 잠시 후, 별 생각 없이 백미러를 봤더니 이모가 불안한 표정으로 나를 보고 있었다.

내 몸을 걱정해 주고 있는 것이리라.

"이제 괜찮아요. 걱정 끼쳐서 죄송합니다."

나는 그렇게 말했다. 정말로, 괜찮았다.

"그래. 다행이다."

이모는 밝은 미소를 지어 보인 뒤, 아무 일도 없었다는 듯이 잡담을 하기 시작했다.

느긋하게 말하는 이모의 이야기에 나도 귀를 기울였다.

"타카야, 기억나니? 요 주변."

"어렴풋하게는 기억하고 있지만, 자세히는……."

말끝을 흐리며 대답했다.

"마지막으로 온 게 10살 때였으니까 말이야."

"그러네요."

이모가 사는 동네는 교토의 중심부에 있으면서도 가득한 자연을 느낄 수 있는 장소였다는 것만은 똑똑히 기억하고 있다.

이모의 집이 수로변에 있는 산책길인 '철학의 길'에 가까웠던 것도 연관이 있을 것으로 생각하지만 말이다.

"그러고 보니, 철학의 길은 어째서 그런 이름으로 불리게 된 거였죠?"

문득 머리에 떠오른 의문을 던져 봤다. 어릴 적에는 그다지 이상하게 생각하지 않았다.

"철학의 길은 철학자 니시다 키타로가 사색에 잠기며 산책을 한 걸로 유명해졌지. 당시에는 '사색의 길'이라 불렸던 모양인데, 니시다 키타로의 제자나 다른 철학자도 같은 길을 즐겨 산책하기 시작해서, 정식으로 '철학의 길'이라는 이름이 붙여진 거야."

이모의 말에 과연, 하고 끄덕였다.

"철학자뿐만 아니라 예술가나 작가도 자주 산책하러 온

다는 소문이 있어. 그 길에서 무언가 느끼는 바가 있는 게 아닐까?"

"그럴지도 모르겠네요."

그 한 마디만으로 대답하고 난 뒤 시선을 들자 또 백미러 너머로 눈이 마주쳤다. 이모는 살짝 미소를 지었다. 그 표정은 엄마와 매우 닮아 있었다.

엄마와 이모는 쌍둥이이기 때문이다.

엄마는 자신과 이모가 서로 잘 통했다고 자주 말했었다.

결혼 후에도 아이가 생기지 않았던 이모였지만, 엄마가 나를 낳을 때, 계속 배 언저리가 아팠다고 말했던 모양이다.

나를 소중히 여겨 주는 것은 엄마와 이모가 서로 통하고 있기 때문인 걸까.

"그래도 타카야가 교토에 와주다니, 생각도 못 했네."

"도움이 되면 좋겠지만요."

나는 그렇게 말하고 미소 지었다.

10년 만인데, 매년 만나는 것 같은 안심감은 엄마와 닮았기 때문일지도 모르겠다.

"도움이라니, 무슨 소리야. 오랜만에 오는 교토 아니겠니. 느긋하게 있다 가거라."

"네? 느긋하게 있으라니요? 이모부가 허리를 삐끗하셔서, 화과자 가게가 큰일이니까 도우러 가라고 엄마한테서 들었는데요."

"어머, 카오리가 그랬니? 네 이모부는 멀쩡해. 허리를 삐끗한 건 반년 전이려나."

"네?!"

놀라는 나. 다시 백미러 너머로 이모와 눈이 마주쳤다. 이모는 싱긋 웃었다. 이 웃음은 엄마와 닮았다.

"그럴 생각으로 온 거면 도움을 좀 받기로 할까. 봄철의 화과자 가게는 무척 바쁘니까, 한시름 놓겠네. 타카야, 부탁할게."

"네, 네에……."

엄마한테 당했다…….

나는 다음 날부터 가게에서 일하게 되었다.

아르바이트는 나를 포함하여 네 명이었다.

일하는 시간대가 정해진 교대제로 되어 있어, 두 명씩 교대로 가게에 들어간다.

이모가 경영하는 가게는 작은 화과자 가게지만, 은각사에서 난젠지까지 이어지는 철학의 길을 따라 점포를 열었기 때문인지 봄에는 특히 손님이 끊이질 않는다.

가게 안에서 먹을 수 있는 자리가 있기도 해서, 접객이나 판매 등 초보자인 나도 할 수 있는 일은 산더미처럼 많았다.

점포 안쪽에서 손수 만들어지고 있는 오하기*나 찹쌀떡이 이 가게의 명물인 듯했다.

공교롭게도 만석일 경우에는 강가를 따라 설치된 의자에 앉아 먹을 수도 있지만, 그 장소도 사람들로 가득 차면, 손에 들고 다니며 먹는 것에 놀랐다.

찹쌀떡을 전통지로 싸서 벚꽃을 보고 걸으면서 먹는 것이다.

딸랑, 하는 종소리가 울리고 옆으로 열게 되어 있는 미닫이문이 열렸다.

젊은 부부와 다섯 살 정도 되는 남자애가 가게로 들어왔다.

입구 정면에 놓인 진열장 안에 콩가루 오하기, 팥소가 든 오하기, 모나카나 벚꽃 찹쌀떡, 벚꽃 경단, 삼색 경단 등이 진열되어 있다.

그중에서도 가장 인기가 많은 것은 이모부가 만든 부드

* 찹쌀과 멥쌀을 뭉쳐 만든 떡

러운 떡 안에 너무 달지 않은 삶은 팥소가 들어간 찹쌀떡이다.

"나는 소금 찹쌀떡으로 할까. 너는?"

"나는 벚꽃 찹쌀떡으로 하려고. 얘는 벚꽃 경단."

가족은 가지고 다니며 먹는 걸 희망하였기에, 종이로 감싸 건네자 얼굴 한가득 웃음꽃을 피우며 가게를 나섰다.

이모부가 만든 화과자를 손에 들고 가족이 철학의 길로 향한다.

손에는 화과자. 하늘에는 흩날리는 벚꽃. 철학의 길을 따라 흐르는 수로에 벚꽃 꽃잎이 흐르고 있다.

가게 앞에는 벚꽃이 흐드러지게 피어 있다.

솔직히 처음에는 동요했다. 이 벚꽃을 보면서 나는 일을 할 수가 있을까, 하고.

하지만 나는 단념하고 있었다.

첫날에 정신을 잃은 것도 이유 중 하나일 것이다.

만약 이 장소에서 또 잘 풀리지 않으면, 포기하자고 생각했다. 이모와 이모부에게 솔직하게 이유를 말씀드리고, 도쿄로 돌아가자.

주방에서 섬세한 화과자를 만드는 이모부를 보면서, 그런 생각을 하고 있었다.

이 봄에는 엄마가 말하는 대로 아무도 나를 모르는 이 마을에서 느긋하게 지내자.

누구의 시선도 신경 쓰지 않고—.

아르바이트는 순조로웠다. 곤란한 일도 일어나지 않았다.

그리고 화과자 가게 아르바이트를 시작하고 사흘이 지났을 때였다.

종이 딸랑 울리고, 누군가가 밖에서 목제 미닫이문을 열었다.

"어서 오세요."

그렇게 말하며 입구를 본 나는 놀란 채로 움직일 수 없게 되었다.

"안녕하세요."

그곳에 그녀가 서 있었다.

헤이안 신궁에서 내게 말을 걸었던 여자였다.

제3장

그녀는 미닫이문을 열고 가게 안으로 들어왔다.

"와아."

그렇게 감탄사를 흘리는 그녀의 눈동자에 비치는 것은 이모부가 만든 화려한 화과자들이다.

그녀는 "어느 걸로 할까나……."라고 혼잣말을 하며 진열장 안을 살펴보고 있다.

그녀의 머리 끝부분이 보인다. 정면에서 얼굴이 보이지 않는 게 괴롭다.

분명 그때의 그녀라고 생각하는데, 확신을 가질 수가 없다.

쓰러지기 전에 본 기억이라서 그런지, 그녀의 얼굴을 또렷하게 기억하고 있는 것도 아니라서…….

하지만 그녀를 본 순간 내 안의 무언가가 반응했다. 그 감각은 틀림없다고 생각하고 싶었다.

사르르 흘러내리는 밤색 머리카락에 속이 비칠 것 같이 하얀 피부가 보였다.

"저기요."

말없이 그녀를 내려다보고 있었을 때, 어딘가에서 들은 적 있는 높은 목소리로 그녀가 말했다.

"넵!"

나도 모르게 목소리가 높아진다. 창피하다.

"화과자가 전부 다 맛있어 보여서 정할 수가 없어서 그러는데…… 추천하시는 건 어느 건가요?"

계속 진열장을 보며 말하던 그녀가 불현듯 시선을 들었다.

표정이 밝은 게, 꽃을 피운 것 같은 사람이라고 생각했다.

첫인상으로도 크다고 생각했던 눈동자는 밤색을 띠고 있었고, 이목구비가 반듯한 사랑스러운 소녀 같았다.

내가 대답을 하지 않자 고개를 갸우뚱하는 그 몸짓은 자립한 기품 있는 여성처럼 비치기도 했다.

분명 그녀는 그 중간에 있는 것이리라.

"저……."

조금 전부터 몇 번이나 내게 말을 걸고 있음에도 불구하고, 아무 말도 하지 않는 나를 보며 그녀는 난처한 듯이 살짝 웃었다.

추천하는 것을 말해야 한다고 생각은 하는데, 사고가 굳어 있다. 목소리가 나오지 않는다.

"어느 화과자도 추천해 드립니다만, 젊은 여성에게 인기가 있는 건 벚꽃으로 만든 떡소를 사용한 이쪽 상품이에요."

왼쪽 아래에서 온화한 목소리가 났다. 그쪽을 보니 치에코 이모가 나를 도와주고 있었다. 내가 추천 상품을 알지 못해서 굳어 있는 것으로 생각한 것이리라.

"벚꽃 떡소요?"

"맞아요. 벚꽃떡, 벚꽃 경단, 벚꽃 찹쌀떡. 전부 저희 가게의 자랑인 벚꽃 떡소를 사용하여 만든 화과자에요. 모양새도 귀엽다고 해서, 젊은 여성들에게 인기랍니다."

"그렇군요. 그럼…… 이걸로 할게요. 벚꽃떡 하나 부탁드립니다."

"고맙습니다. 조금 기다려 주세요."

치에코 이모는 그녀에게 친절한 미소를 향한 뒤 "타카야, 부탁해도 될까?"라며 살짝 중얼거렸다.

"네."

나는 황급히 대답하고 진열장을 열었다.

벚나무 잎 두 장으로 감싼 벚꽃떡은 '키쿠야'를 대표하는 화과자 중 하나다.

벚나무 잎의 향기가 아련하게 감도는 가운데, 벚꽃떡을 집게로 살짝 집어 테이크아웃용 포장지에 넣었다. 그러고 보니, 요전에 이모부가 말씀하셨지.

'이 벚꽃떡은 관서풍 벚꽃떡이야.'라고.

'관서풍 같은 게 있군요.'

'관동 쪽은 일반적인 찹쌀가루를 쓴다고 하는데, 관서는 도묘지식* 찹쌀가루를 써서 만든다고.'

'흐음…….'

그렇게 중얼거리는 내게,

'그리고. 벚꽃떡은 봄이 깊어짐에 따라 벚꽃 색깔을 진하게 만들지. 지금은 초봄이라서, 연한 분홍색으로 만들고 있는 거다.'

라고도 말씀하셨었지…….

---

* 물에 담가 불린 찹쌀을 말린 뒤 알갱이를 큼지막하게 가루 내어 만든 것. 오사카의 도묘지라는 절에서 찹쌀을 물에 불려 보존식으로 만들었던 것이 기원.

촉촉하고 부드러운 연분홍색의 도묘지식 찹쌀가루, 섬세하게 걸러진 품질 좋은 달콤한 팥소.

그녀는 이모부가 만드는 벚꽃떡을 기뻐해 줄까…….

그런 생각을 하며 벚꽃떡을 손에 들고 있었더니, 치에코 이모가 귀엣말했다.

"타카야, 빨리 건네 드리렴."

"아, 죄송합니다!"

오래 기다리셨습니다, 라는 말과 함께 내가 벚꽃떡을 건네자 그녀는 눈웃음을 활짝 지었다.

"와아, 예뻐라. 맛있겠다."

나는 감탄사를 발하는 그녀를 보면서, 앞으로 물들 꽃잎처럼 엷은 분홍색 벚꽃떡이 그녀와 잘 어울리겠군……이라는 생각에 마음이 따스해졌다.

"감사합니다."

"고맙습니다."

그녀의 손안에 있는 벚꽃떡과 그걸 들고 있는 그녀를 견주어 보는 사이에, 그녀는 미닫이문을 열고 나가 버렸다.

아앗. 난 뭘 하고 있는 거지.

나를 도와준 그녀에게 감사 인사를 똑바로 전해야만 하는데!

"타카야, 이쪽 정리 부탁해도 되겠니?"

"네?"

작아지는 그녀의 뒷모습을 바라보는 내게 이모가 말했다.

어쩌지, 하고 생각하는 사이에 오른쪽으로 꺾어 들어간 그녀의 모습은 보이지 않게 되었다.

"치에코 이모, 죄송해요! 금방 돌아올게요!"

나는 순간적으로 그 말만 하고, 하얀 앞치마 차림 그대로 밖으로 뛰쳐나갔다.

밖으로 나오자 밝은 봄날의 햇살이 눈에 날아 들어왔다.

눈부신 그 햇살 속에서 하늘하늘 흩날리는 것은 꽃잎이었다.

철학의 길을 따라 피는 벚꽃 터널에서 연분홍색 꽃잎이 흩날리고 있다.

지금부터 눈보라처럼 흩날리는 저 벚꽃 아래를 지나가야 하는 건가.

그렇게 생각하니 아주 약간 다리가 움찔거렸다.

그만둘 거야? 라며 내 안의 작은 내가 물었다.

나는 아니, 하고 고개를 가로저었다.

한순간 망설였지만, 이대로 '키쿠야'에 돌아갈 생각은

조금도 없었다.

그녀를 만나고 싶다. 그리고 고맙다는 한마디를 하고 싶다.

봄을 극복하려고 모르는 마을에 왔다가 금방 쓰러져버린 나를 도와준 여자에게 제대로 된 감사 인사를 하고 싶은 것이다.

숨을 한 번 돌린 뒤, 나는 다시 뛰기 시작했다.

분홍색 꽃잎이 흩날리는 철학의 길가에 유독 눈길을 끄는 여자가 한 명 있다.

조금 전에는 알아차리지 못했지만, 그녀는 하늘색 줄무늬 원피스를 입고 있었다.

무릎 위까지 오는 원피스 자락 아래로 보이는 가느다란 다리는 무척이나 하얗다.

윤기 있는 밤색 머리카락을 나부끼며 봄 하늘을 올려다보면서 걷고 있다.

예쁘다……고 나는 생각했다.

그녀를 보고 있으면 호흡을 하는 법을 잊어버릴 것 같다.

잠시 후, 수양올벚나무 한 그루를 다 살펴본 그녀가 재차 걷기 시작하려 했다. 나는 황급히 뛰어가서—.

"저기! 실례합니다!"

말을 걸었다.

내 목소리가 철학의 길 전체에 울린 걸까.

그녀 말고 다른 사람들도 뒤돌아서 나를 봤지만, 누구와도 눈이 마주치지는 않았다. 내 눈에 비치는 것은 단 한 사람뿐이기 때문이다.

눈동자 속에 비친 여자가 슬로우 모션처럼 이쪽을 돌아봤다.

의아한 듯한 표정으로 나를 물끄러미 바라보다가 "아." 하는 소리를 냈을 때, 나는 그녀의 말소리와 겹치다시피 말을 꺼냈다.

"일전에는 감사했습니다!!"

조금 전보다 큰 목소리였다.

"……혹시, 헤이안 신궁에서 만났던 분인가요?"

나와 마주 선 그녀는 고개를 갸웃하며 물어봤다. 반들반들한 갈색 머리카락이 사르르 흘러내려서 아름답다. 끝을 가지런하게 맞춰 자른 머리카락이 어깨로 돌아가자, 나는 쓰고 있던 하얀 모자를 벗고 고개를 숙였다.

"네. 그때는 정말로 감사했습니다."

발치에는 작은 물웅덩이가 있고, 벚꽃 잎이 그 수면을 헤엄친다. 그곳에 비치는 건 하늘하늘 흔들리는 그녀의 모습이다.

내가 천천히 고개를 들자, 그녀는 부드럽게 미소 짓고는 말했다.

"그랬군요……. 그 뒤로 걱정하고 있었어요."

그녀의 손에는 포장된 벚꽃떡이 있다. 미소 짓는 그녀의 뺨도 벚꽃 같은 분홍색으로 보인다.

벚꽃으로 가득한 세상에 있으면 여러 가지 것들이 벚꽃 색깔로 물들어 보인다.

"……무사해서, 다행이에요."

그렇게 말하는 그녀의 눈동자 속과 뺨에도 벚꽃 색깔이 아련하게 섞여 있었다.

나는 어째서인지 그녀가 서 있는 모습을 넋을 잃고 보고 말았고, 아무 말도 할 수 없어졌다.

대화하는 걸 잊어버린 듯한 나를 보고 그녀가 당혹스러운 표정을 보였다.

그저 불러 세웠을 뿐이라 적절한 말도 떠오르지 않는다.

답답한 마음으로 할 말을 찾고 있는데, 그녀가 "저기, 혹시 괜찮으시면……."하고 뒷말을 이었다.

"이쪽으로 갈래요?"

그녀는 그렇게 말하고 길가에 쓰여 있는 간판을 가리켰다.

그곳은 강가에서 떨어진 골목길이었다.

길 가는 사람들의 주목 대상이 되어버린 나를 사람의 왕래가 적은 쪽으로 유도해 준 것임을 깨달은 건 한동안 골목길을 걷고 나서였다.

그녀가 말하는 대로 잠시 걷자, 두 사람이 앉을 수 있는 목제 벤치가 놓여 있었다.

그녀는 그곳을 가리킨 뒤, 반대쪽 손으로 들고 있던 벚꽃 찹쌀떡을 내게 보여주는 것처럼 들어 올리고는,

"만약 괜찮으시면, 이거 다 먹을 때까지 어울려 주시지 않겠어요?"

아주 약간 쑥스러움이 섞인 목소리로 그렇게 말했다.

"이 벚꽃떡, 방금 한입 먹어 봤더니 무척 맛있었어요! 그래서 앉아서 천천히 먹을 수 있으면 좋겠는데, 하고 생각하던 중이었거든요. 하지만 가게 안은 사람들이 너무 많고, 밖에 있는 의자도 자리가 다 차서 어쩌지 하고 고민하고 있었어요."

맛있는 것은 천천히 음미하고 싶은 성격이라서요. 그렇

게 말하는 그녀에게 나는,

"그러셨군요. 가게가 혼잡해서 죄송합니다. 그런 것이라면 물론 기꺼이 어울려 드릴게요."

"감사합니다. 덕분에 느긋하게 맛볼 수 있겠어요."

그녀의 미소를 본 나는 살며시 벤치에 앉았다.

사람 한 명이 앉을 수 있을 공간 이상으로 간격을 벌려 벤치 가장자리에 앉은 그녀는 "잘 먹겠습니다."라며 작은 목소리로 중얼거린 뒤, 벚꽃떡을 한 입 먹었다.

"으응~! 맛있어!"

그렇게 말하고는 이쪽을 보는 그녀.

봄의 햇살을 반사한 눈동자가 조금 전보다도 가까이에 있다.

"감사합니다."

나는 그렇게 말하고 고개를 숙였다.

나도 이모부가 만드는 화과자가 세상에서 제일 맛있다고 생각한다.

"이거, 제 이모부께서 만들고 있어요."

"그랬군요! 벚꽃떡만 사지 말고, 여러 화과자를 살 걸 그랬다고 후회하고 있던 참이에요."

"교토 분이 아니신가요?"

이 근처에 사는 사람이라면 언제든 사러 올 수 있을 것이다.

처음 만난 것이 헤이안 신궁이었기도 해서, 멋대로 교토 사람일 거라고 생각하고 있었다. 그녀도 나와 마찬가지로 교토가 아닌 다른 곳에서 온 사람인 걸까?

"네. 저는 봄방학을 이용해서 교토에 있는 친척 집에 놀러 왔어요. 교토에 있는 건 기간 한정이에요. 봄이 끝나면 고향으로 돌아가요."

"와, 저랑 같네요."

"네?"

"전 대학생인데요, 봄방학 중에만 교토에 와 있는 거예요. 저도 기간 한정이네요."

"……기간 한정인 아르바이트 중, 이라는 건가요?"

"네. 조금 전의 '키쿠야'라는 가게가 제 이모부랑 이모께서 경영하는 화과자 가게예요. 그래서 봄방학 중에만 가게 일을 도우러 도쿄에서 온 거거든요."

"그러셨군요."

"그쪽은요?"

"네?"

"그쪽은 어디에서 오셨나요?"

"저는……."

"근처인가요?"

"……네. 교토는 아니지만, 같은 관서권인 작은 시골에서 살고 있어요."

"그렇군요……."

평온한 마을에서 나고 자랐다는 말을 들으니, 그런 느낌이 들었다.

투명한 피부도, 그녀가 가진 느긋한 분위기도 전부 지금까지 만난 여자 중에서는 없었던 것 같은 생각이 들었다.

"당신은 도쿄 분이시군요. 조금 전에 옆에 서 계셨던 분과 분위기가 무척 비슷해서, 모자끼리 경영하고 계신 건가 싶었어요."

"이모와 어머니가 쌍둥이예요. 그래서 저와 이모도 비슷한 거겠지요."

이모도 엄마도 남을 감싸 안는 듯한 따뜻함이 있는 사람이다.

두 사람 다 나와는 정반대인 사람이라고 생각하고 있었기에, 나와 이모의 분위기가 비슷하다는 말을 들은 건 무척 기뻤다.

"정말 멋진 화과자 가게네요. 화과자는 맛있고, 일하는 사람들은 친절하고, 무척 마음이 편해지는 분위기고요. 교토에서 아르바이트가 하고 싶어지는 것도 이해가 돼요."

"……감사합니다."

좋아하는 이모부와 이모의 가게까지 칭찬을 받아, 멋쩍음을 감추려고 웃었다.

기뻤다.

그녀와 조금 더 이야기 할 수 있다면, 하고 생각하는 자신을 깨달았을 때, 주머니 안에 넣어 뒀던 휴대전화가 울리기 시작했다.

주머니에서 꺼내 화면을 보자, '치에코 이모'라는 표시가 눈에 들어왔다.

그렇다. 오늘은 특히 손님이 많은 일요일. 게다가 다른 한 명의 아르바이트 여자애가 갑자기 쉬게 되어 가게에 나와 있는 건 치에코 이모와 나 두 명이다.

휴대전화 화면을 보고 내 얼굴은 새파래졌다.

큰일이다. 가게가 위험한 상황이다.

"죄송합니다! 가게가 바쁜 것 같아서 금방 돌아가야만 할 것 같네요!"

"그런가요. 바쁘신데 죄송해요!"

불러 세운 건 나인데, 반대로 사과를 받아 버렸다.

"제가 불러 세워 놓고, 여유롭게 있어 드리지 못해 죄송합니다."

"아니에요. 저도 그 뒤로 괜찮을까 싶어 신경 쓰였는데, 말을 걸어 주셔서 기뻤어요."

먼저 일어선 나를 올려다보는 그녀의 크고 까만 눈동자.

매끈하게 뻗은 콧날에 립스틱을 연하게 바른 입술. 원피스 위로도 알 수 있는 날씬한 몸. 원피스 주머니에서 분홍색 손수건이 살짝 드러나 보였다.

"아."

손수건—!

나는 어째서 이렇게나 순서대로 일을 처리하는 게 서투를까.

그녀를 만나게 되면 고맙다는 말을 하고, 씻어서 다림질해둔 하늘색 손수건을 돌려주려고 생각했었는데. 빈손으로 쫓아가다니, 난 정말 바보 아닐까.

그녀는 허둥거리는 나를 보고 후훗, 하고 웃고는 말했다.

"그럼……, 다음에 다시 돌려받으러 가게에 가도 될까요?"

"네?! 괜찮으신가요?"

"물론이에요. 그리고 다른 화과자도 먹어 보고 싶다고 생각했으니까요."

"그러면 그때……."

거기까지 말하고 나서, 깨달았다. 나는 그녀의 이름을 모른다. 자기소개도 하지 않았다. 주머니 안에서는 치에코 이모가 보낸 SOS를 알리는 진동이 계속되고 있다. 느긋하게 있을 수는 없다.

"저기, 실례지만 이름을 가르쳐 주실 수 있을까요?"

"저는…… 사쿠라 유키라고 해요."

* * *

치에코 이모가 만들어 준 아침을 다 먹고, 나는 정원을 바라봤다.

이모가 키우고 있는 화분의 꽃과 이모부가 손질하고 있는 분재가 나란히 늘어서 있다.

햇빛을 받고 있는 건 석등롱이다. 내 일상 속에는 없는 풍경을 멍하게 바라보면서, 거실에서 쉬고 있는 이모부와 이모의 한가로운 대화를 귓결에 듣고 있었다.

나는 그대로 툇마루에 벌러덩 드러누웠다.

"타카야, 왜 그러니?"

"허리라도 아픈 거야?"

조카가 갑자기 대자로 몸을 뻗고 드러눕자, 이모부와 이모가 놀라셨다. 갑작스러운 짓을 해버렸나 싶어 조금 반성하면서도, 나는 눈을 감고 말했다.

"왠지 기분이 좋아서요."

등 밑의 툇마루가 살짝 차갑다.

계속 이대로 누워 있고 싶은 기분이었다.

"오늘은 날씨가 이렇게 좋으니까, 어디 놀러라도 가는 게 어떻니?"

그렇게 말하며 내 얼굴을 들여다보는 치에코 이모. 밑에서 보는 얼굴도 엄마랑 닮았다고 생각했다.

"아뇨, 괜찮아요. 쉬는 날을 받아도 곤란하죠. 저 가게 나가 볼게요."

"안된다고 했지. 오늘은 쉬는 날 아니니? 쉬는 날에는 제대로 쉬는 거야. 이건 우리 집의, 그리고 '키쿠야'의 규칙이란다."

단호하게 말하는 이모에게 말대꾸를 할 수 있을 리도 없어서,

"그러면 말씀대로 쉬도록 할게요. 이모, 감사합니다."

그렇게 말하며 천천히 일어났다.

사실은 가게에 나가고 싶었는데 말이지…….

—'그러면……, 다음에 다시 돌려받으러 가게에 가도 될까요?'

그렇게 말한 그녀, 사쿠라 유키 씨와의 약속을 아직 지키지 못했기 때문이다.

쉬는 날을 받아도, 달랑 혼자서 어딜 가면 좋은 걸까.

어딜 가야 할지 몰라 난처해할 바에야, 이모부가 화과자를 만드는 걸 살짝 도와드리는 게 나았을까. 아니, 이모가 그렇게 말씀하신 이상 가게에 나가는 건 불가능했을 것이다.

가게로 들어서자마자 바로 나처럼 몸집이 큰 대학생이 진열장 앞에 서 있으면, 움츠러드는 여성 손님은 적지 않았다.

치에코 이모가 옆에 있어 주면, 9할의 사람은 치에코 이모에게 말을 건다. 접객업에 어울리는 용모가 아니라는 건 나도 잘 알고 있었다.

그래서 이모가 계실 때는 될 수 있는 대로 판매나 계산은 이모에게 맡기고, 나는 상품을 나눠드리거나 손님이 가신 후의 뒷정리를 맡고 있었다.

사실은 이모부와 같이 작업장에 들어가고 싶었다. 나도 화과자를 만들고 싶다고 생각했지만, 몇 년이나 수업을 쌓은 이모부께 그런 말을 쉽게 할 수 있을 리가 없었다.

갈 곳이 없었던 나는 이모부 댁을 나와 어슬렁어슬렁 걸었다.

비와호 수로를 따라 만들어진 산책길을 걸어 은각사 방면으로 왔다.

은각사는 무로마치 막부 8대 쇼군 아시카가 요시마사가 세운 절로, 정식으로는 지쇼우지라고 한다.

문득 은각사가 세워진 히가시야마의 긴 언덕 안쪽에 고요한 시간이 흐르고 있는 듯한 느낌이 들어, 나는 은각사를 향해 걸었다.

은각사의 총문에 도착했다. 중문까지는 대나무 울타리로 에워싸인 약 50m 정도 되는 참배 길이 있다.

대울타리 밑에는 돌담, 대울타리 뒤쪽으로는 산울타리를 합쳐 만들어진 구조로 되어 있었다.

혼자서 돌아다니는 것이기에 다른 사람과 이야기를 할

일도 없지만, 이 장소에서 소리를 내면 대울타리에 빨려 들고 말 것 같은 착각에 빠졌다.

마치 외부 세상을 차단하는 것만 같은 높은 대울타리에 압도되어 걷는 속도가 극단적으로 느려진 내 귀에, 불현듯 누군가의 대화 소리가 들려왔다.

내 뒤를 걷던 사람들이 근처까지 따라잡아 와서, 이 대울타리에 관해 이야기하고 있는 모양이었다.

"이 대나무 울타리는 은각사 울타리라고 불리는 대울타리라 하는데, 현실 세계랑 극락정토의 경계를 나타내고 있는 거래."

교토 사람일까? 이모부와 비슷한 말투였다.

귀 기울여 듣고 있었던 건 아니지만, 그 목소리는 내게도 들렸다.

가지런하게 잘라 맞추어진 대울타리에 그런 의미가 있었다니, 몰랐다.

히가시야마를 등지고 선 은각사를 향해 걸으며, 그곳에 정적의 세계가 기다리고 있다고 생각한 것은 잘못되지 않았던 것이다.

나는 천천히 발걸음을 옮겼다.

대울타리 길을 나와, 다음으로 내가 이끌린 것은 후지산을 연상케 하는 내 키만 한 모래 산이었다. 코우게츠다이라고 이름 지어진 그 모래 산이 너무나도 아름다워서. 입구에서 받은 팸플릿의 설명을 읽어보니, '히가시야마에 떠오르는 달을 바라보기 위해 만들어진 돈대'라고 적혀 있었다.

현대 예술처럼 참신한 모습을 한 모래 산이 달을 바라보는 돈대였다니…….

긴샤단이라 불리는 모래는 호수의 물결을 표현하여, 빛이 닿으면 물결처럼 반짝반짝 빛난다. 화두창* 너머로 보이는 경치는 풍경화처럼 아름다웠다.

은각사의 아름다움은 어째서인지 깊은 곳에 잠든 무언가를 간지럽히는 것처럼, 내 마음속을 뜨겁게 만들었다.

본당을 지나 토구도 부근 길에서부터 좁은 산길을 올라가니, 푸르른 하늘이 쫙 펼쳐졌다.

산 위에서 은각사 전역과 그 너머 안쪽으로 교토 시가지 전체를 내다볼 수 있었다.

나도 모르게 한숨이 새어 나왔다.

나는 은각사의 꾸미지 않은 아름다움에 반해 있었다.

* 윗부분이 굴곡진 아치형 창문

현대 예술 같으면서도, 요시마사 공의 마음이 가득 담긴 이 절을 어째서인지 나는 친근함을 담아 보고 있었다.

나는 어째서 이렇게까지 이 절에 끌리는 걸까?

최고의 경치를 보여주는 은각사에 감사하면서, 사진을 한 장 찰칵 찍었다.

현실에서 분리되어 프레임에 담긴 그림은 영원하다.

내게 이 절의 아름다움을 영원히 전달해 준다.

셔터를 누르면서 문득 떠올린 것은 헤이안 신궁에서 있었던 일이었다.

내가 쓰러진 그때, 기억을 잃는 순간 내 눈에 비쳤던 것은 DSLR 카메라를 들고 멋지게 핀 수양올벚나무 벚꽃을 찍는 그녀.

유키 씨의 모습이었다.

그녀도 이런 기분이었을까?

아름다움에 마음이 떨려서, 그 한순간의 아름다움을 영원히 남기기 위해 사진을 찍고 있었던 걸까…….

은각사의 본당, 긴카쿠를 견학하고 히가시야마 언덕을 내려왔다.

버스가 서 있었기에 그것에 올라탔다.

버스는 오카자키의 주요 관광지를 향해 가고 있었다. 딱히 갈 곳도 없었던 나는 버스에 목적지를 맡겼다.

도착한 곳은 교토에 막 왔던 날에 들른 헤이안 신궁 앞이었다.

커다란 붉은색 토리이가 보인다. 이 주변이 역시 오카자키의 주요 관광지인 것이리라.

미술관이나 세련된 카페, 대형 서점 등도 있다.

어딜 갈까 하며 걷고 있었더니, 인파가 향하는 곳이 있었다. 별생각 없이 나도 그 뒤를 따라갔더니, 그곳은 동물원이었다. 사람의 흐름은 자세히 보니 커플이나 아이를 데리고 온 부모가 많았다.

동물원을 지나, 대로를 똑바로 걸어 왼쪽으로 들어갔다. 배 한 척이 동물원을 따라 흐르는 강을 나아가고 있었다.

강가에는 만개한 벚꽃의 색채가 한층 화려했다. 뱃놀이를 즐기는 사람들의 머리카락이 따뜻한 봄바람에 살랑인다. 다리에서 손을 흔드는 가족에게, 배에 탄 관광객도 손을 흔들어 답한다.

즐거워 보인다고 생각했다.

이 강은 어디로 이어지고 있는 걸까?

마치 이끌리다시피 선착장 근처로 걸어갔다.

커다란 간판 앞에서 멈춰 서 있는 건 나만이 아니었다.

"오카자키 벚꽃 회랑 십석선* 유람은 기간 한정입니다~. 어떠신가요?"

뱃사공 아저씨가 소리를 내며 관광객에게 권유하고 있다.

"타고 싶네. 하지만 혼자라서 좀……."

나랑 같은 심정을 입에 담는 사람이 마침 내 앞에 있어 나도 끄덕였다.

혼자서 관광하는 건 편해서 즐겁지만, 이럴 때는 누군가와 즐거움을 공유하면 좋겠다는 생각이 들겠지. 특히 젊은 여자라면 배에 혼자 타는 건 쑥스러우려나. 혼자서 규동을 먹으러 갈 수 없다는 말도 들은 적이 있고.

"역시 그만둘게요."

그렇게 말하며 발걸음을 옮기기 시작한 여성의 옆모습이 보여 나는 무심코 말소리를 냈다.

"어? 유키, 씨?"

'교토 오카자키'라고 적힌 팸플릿을 한 손에 들고 간판 앞에 서 있던 것은 틀림없는 유키 씨였다. 그녀는 나를 보더니 눈이 휘둥그레졌다.

* 주로 관광협회에서 운영하는 유람선. 십석선보다 규모가 큰 삼십석선 등도 존재한다

"어라?!"

그녀는 내 얼굴을 응시하면서 무언가를 떠올리려는 것처럼 말했다. 그렇다. 나는 아직 자기소개도 하지 않았던 것이다.

"죄송합니다. 아직 이름을 말하지 않았었네요. 저는 이치이라고 합니다. 이치이 타카야예요."

"이치이…… 타카야 씨."

그녀는 그렇게 말하며 내 얼굴을 찬찬히 들여다봤다.

"네."

고개를 끄덕이는 내게, 그녀는 어색한 미소를 띠었다. 그녀답지 않은 미소라고 생각했다.

"왜 그러시죠?"

"아뇨, 저기……."

"슬슬 출발하겠습니다만, 괜찮겠습니까?"

그때, 간판 앞에 있는 아저씨가 우리를 불렀다.

"네. 가주세요."

그렇게 대답하며 배를 바라보는 그녀. 그 눈동자는 무척이나 아쉬워하는 것처럼 보였다.

—'타고 싶네. 하지만 혼자라서 좀…….'

문득 조금 전에 그녀가 했던 말을 떠올렸다.

아아, 그런 건가. 그녀는 이 배에 타고 싶은 것이다.

"아뇨, 탈게요. 두 사람 몫 부탁드릴 수 있을까요?"

나는 재빨리 두 사람 몫의 표를 사서 비와호 수로로 이어지는 계단을 내려갔다.

"유키 씨도 빨리요."

그 목소리에 그녀가 놀란 기색으로 "예?! 아, 네!"라고 말하며 따라왔다.

키가 큰 벚나무들이 강 양쪽을 사이에 끼다시피 하며 서 있다. 벚꽃은 강을 향해 봉오리를 큼지막하게 피우고 있다.

선착장 아저씨는 배에 올라탄 우리에게 "좋은 시간되시길 바랍니다."라며 배웅했고, 우리가 아저씨에게 가볍게 손을 흔들자 배는 천천히 움직이기 시작했다.

배가 방향을 바꾸자 기쁜 나머지 쾌활하게 소리를 내는 어린아이들. 어른들이 "기대되네."라며 속삭이는 소리도 들려온다.

떠들썩한 공기를 가르는 것처럼, 커다란 뱃고동이 뿌우 울렸다. 드디어 교토의 거리를 향해 출발한다.

"생각했던 것보다도 빠르네요."

배는 좀 더 천천히 나아갈 거라고 생각하고 있었다.

"우왓."

유키 씨가 쓰고 있던 모자가 바람에 휩쓸려 날아갔다. 나는 황급히 모자를 잡아 그걸 건넸다. 그녀는 생긋 미소 지었다.

"고마워요."

"설마 이런 데서 재회할 거라고는 생각지 않았네요."

나는 접을 수 있게 만들어진 모자를 가방 안에 넣는 그녀에게 말했다.

"저도요."

다음에 다시 만날 때는 분명 '키쿠야'에서일 거라고 생각했다. 벚꽃떡 말고 다른 화과자를 사러 온 유키 씨에게 손수건을 돌려주는 것이라고. 그걸 위해 손수건을 넣은 작은 종이봉투를 매일 계산대 옆에 두었지만, 유키 씨는 좀처럼 오지 않았다.

"실은 방금 가게에, '키쿠야'에 갔다 왔어요. 그랬더니 오늘은 그쪽이 쉬는 날이라고 하셔서."

"네?! 그랬었군요! 죄송합니다."

쉬는 날을 똑바로 전해뒀어야만 했다.

"아뇨아뇨. 죄송하실 것까지야. 저도 갑자기 간 거니까요."

"그래서, 오늘은 혼자 교토 관광을 하시는 건가요?"

"네. 이 주변을 산책하다가 때마침 배를 발견해서요. 십석선에 타보고 싶다고는 생각했는데, 혼자서는 타기가 껄끄러워서 말이에요. 같이 타 주셔서 고마워요. ……아, 그렇지."

그녀는 그렇게 말하며 삼베 토트백에서 자신의 지갑을 꺼내려 했다.

"아뇨, 괜찮습니다."

"네? 그래도……."

"답례니까요."

"답례라니요?"

"헤이안 신궁에서 도와주신 답례예요."

나는 그녀 앞에서 볼품없는 모습만 보여줬다.

처음 만났을 때는 눈앞에서 쓰러지고, 그 후에 철학의 길에서 재회했을 때도 돌려주고 싶었던 손수건을 가지고 있지 않아 다시 한번 가게에 가지러 오게 만들었는데, 막상 와 준 날에는 가게에 없다니…….

폐만 끼쳤을 뿐이기에 뱃삯은 답례라는 걸로 하고 싶었다.

이대로는 내 기분이 풀리지 않는다.

"……정말로, 괜찮아요?"

"괜찮습니다!"

나도 모르는 사이에 TV에서 자주 보는 축구 해설자의 말투가 되어 있었다.

내 목소리에 그녀가 풉, 하고 웃음을 터뜨렸고.

"지금 거 닮았어요."

"아니, 따라할 생각은 아니었는데 말이죠."

뒷머리에 손을 대는 내 옆에서 그녀는 아직도 깔깔 웃고 있다.

자연스럽게 웃는 그녀가 귀엽다고 생각했다.

하지만 나는 금방 그녀에게서 눈을 돌렸다.

나는 지금도 여자를 대하는 게 어렵다. 과거의 일이나, 이 사람이라면 괜찮을지도 모른다고 생각하여 마음이 열리려던 세리자와 아야카의 일을 떠올리면 지금도 옥죄이는 것만 같이 가슴이 괴롭다.

—'봄철의 이치이는, 무서워.'

문득 과거에 들은 말이 생각지 못한 일격처럼 가슴에 찔려, 부정적인 감정까지 동시에 치밀어 올랐다.

봄철의 나는 무섭다. 그런 말을 듣는 나의 비밀을 만약 유키 씨에게 털어놓으면 유키 씨는 어떻게 생각할까?

역시 다른 사람들과 똑같이 생각할까?

나를 기묘하게 여기고, 그녀도 내 곁에서 떠나갈까?

그녀의 표정을 살피려 살짝 고개를 들자, 둥글고 큰 눈동자가 이쪽을 보고 있다. 긴 속눈썹 덕에 또렷하게 보이는 눈매 속에서 깊은 갈색 눈동자가 조용히 흔들린다.

나와 눈이 마주치자 그녀는 입꼬리를 씩 올려 구김살 없는 미소를 보여줬다.

그녀의 미소에 나의 부정적인 발상은 지워졌다. 그녀에게는 신기한 힘이 있는 것만 같았다.

"고마워요. 그러면 다음은 제가 낼게요."

"아뇨아뇨, 그러지 않아도 돼요."

"괜찮아요!"

조금 전의 나를 흉내 내고서 웃는 그녀.

그녀의 웃음소리를 지워 버리는 것처럼, 배의 지붕이 천천히 내려왔다.

"뭐, 뭐죠?"

갑자기 내려온 배의 지붕에 그녀는 놀라서 몸을 움츠렸다.

"뭐지, 무서워……."

그녀는 그렇게 말하며 가냘픈 어깨를 움츠리고는 조금

전보다 작아졌다.

그리고 아주 약간 내 쪽으로 몸을 붙이는 형태가 되었다.

그녀의 하얗고 부드러운 뺨이나, 부드러운 곡선을 그리는 어깨가 내 가까이에 있다. 작은 손은 당장이라도 내 손을 붙잡을 것만 같이 가까이 놓여 있지만, 닿지는 않는다.

"괜찮을까요?"

그녀는 조금 걱정스러운 듯이 말했다.

유령의 집 같은 게 질색인 타입일지도 모른다.

"이 지붕, 어떻게 된 건가요?"

무서워하는 그녀를 안심시키고자, 나는 가이드에게 말을 걸었다.

"다리 높이에 맞춰서 배의 지붕이 내려가는 구조로 되어 있답니다."

확성기를 사용하여 그렇게 알려주었다.

배가 다리 밑을 통과하면 자동으로 지붕이 올라간다.

이런 배는 처음 봤다. 그녀가 놀라는 것도 무리가 아니다.

덜컹, 하는 소리를 내며 배의 지붕이 원래 높이로 돌아가자, 그녀는 숨을 휴 내쉰 뒤,

"그렇군요. 이런 구조로 되어있었던 거네요."

아무 일도 없었던 것처럼 등을 쭉 펴고 말했다.

조금 전까지 그렇게나 무서워했었으면서.

겁을 내는 그녀의 모습을 떠올리고, 나는 웃고 말았다.

"……웃지 말아 주세요."

내가 웃은 이유를 알아차린 모양이다. 그녀가 분한 듯이 말했다.

"안 웃었어요."

나는 거짓말을 했다.

"확실히 웃었어요!"

"안 웃었다니까요."

"아니, 분명히 웃고 있었어요!"

"하하하."

"와! 당당히 웃었어."

"미안. 미안해요. 참을 수가 없어서."

"너무해!"

"진짜 미안하대도요."

한층 더 분해하는 그녀의 옆모습은 봄날의 햇살을 받아 빛나 보였다.

그녀의 뒤로 보이는 봄의 경치는 역시 오늘도 벚꽃의 색깔로 가득하다.

교토 오카자키에서 우연히 만나, 설마 십석선까지 같이 타게 될 거라고는 생각지 않았다.

괜찮은 느낌의 사람이라고는 생각했지만, 이렇게나 대화가 잘 될 거라고도 생각지 않았고, 설마 이 뒤에 같이 행동하게 될 거라고도 생각하지 않았다.

철학의 길에서 다시 만났을 때부터 생각했다. 그녀에게는 친근감을 느끼기 쉽다.

진지한 성격처럼 보이기도 하는데 유머가 있는 점도, 조금 소심하고 외로움을 잘 타는 성격인 것도.

그리고 혼자서 행동하기보다도 둘을 선택하고 싶어 하는 점도.

착실하게 보이는 그녀의 안에서 내게는 없는 여린 부분을 발견했더니, 역시 여자애구나 하는 생각이 들었다.

그녀와 함께 있으면 눈 깜짝할 사이에 시간이 흐르는지라, 정신을 차리고 보니 해가 기울기 시작하고 있었다.

우리는 저녁노을에 물들기 시작하는 교토의 동네를 나란히 걷고 있다.

서로 알고 지낸 지 얼마 되지 않았는데, 마음이 편안하다. 그녀와 있으면 마음속의 흐린 하늘이 갠다. 신기한 시간이라고 생각했다.

고요한 봄의 햇살에 차츰 노란색이 섞여, 붉은색으로 변하려 하고 있었다.

그녀는 지금부터 어디로 갈까? 이제 돌아가는 걸까.

"이 주변은 어쩐지 축제 같네요."

배에서 내려, 왔던 길을 별생각 없이 걷고 있었더니 옆에 있는 그녀가 불쑥 중얼거렸다.

노점이 네 개 정도 나와 있다. 그러고 보니, 조금 전에도 이 길을 지났었지. 혼자서 지나갔을 때는 그런 생각은 하지 않았다.

"이 주변에 동물원이 있는 모양이에요."

"동물원?!"

그녀는 그렇게 말하고 눈을 빛냈다.

"혹시, 동물 좋아해요?"

"네. 동물 엄청나게 좋아해요. 치유되는 것 같지 않아요?"

"으음, 치유……되려나요. 아하하."

딱히 동물에 흥미가 있는 건 아니지만, 그녀의 이야기에 말을 맞추었다.

그편이 그녀가 더 기뻐해 줄 거라고 생각했으니까.

"아, 하지만 이제 곧 폐원 시간이래요."

동물원 입구에 적힌 영업시간을 보고 그녀는 말했다.

"그럼, 갈까요."

그러고는 앞서 걷기 시작했다.

그녀는 태연한 표정으로 걷고 있었지만, 사실은 낙담하고 있을지도 모른다고 생각했다.

어째서일까. 그녀의 음색이나 태도는 조금 전까지와 변화가 없는데, 마음이 슬퍼하고 있다는 걸 알 수 있다.

"만약 괜찮다면."

앞서 걷는 그녀가 뒤돌아서 나를 봤다.

내가 돌연 진지한 눈을 하고 있었기 때문이리라. 그녀는 흠칫해서는, 숨을 삼킨 것 같았다. 나를 똑바로 바라보는 갈색 눈동자에서 눈을 뗄 수 없어서, 나는 그녀를 바라본 채 말했다.

"다음에, 같이…… 안 올래요?"

그날은 좀처럼 잠들 수 없었다.

―"만약 괜찮다면, 다음에 같이…… 안 올래요?"

내 입에서 나온 말에, 자신도 놀랐다.

—"네, 네에……."

—"사흘 뒤에 또 아르바이트 쉬는 날을 받을 수 있으니까, 그날은 어때요?"

—"……괜찮아요."

—"그럼, 한 시에. 여기, 동물원 앞에서 만나기로 하죠."

—"네."

망설이면서도 나를 똑바로 보고 대답하는 그녀의 뺨이 빨개져 가는 걸 알 수 있었다. 그 홍조는 내 뺨에도 전염되었다. 서로 얼굴이 새빨개지며 대화를 계속하는 우리는 다른 사람들의 눈에 어떻게 보였을까.

그녀의 손목시계가 삐삐삑, 하고 울리자 그녀는 내게 쑥스럽게 웃는 표정을 보여준 뒤 말했다.

"슬슬 돌아가야겠네요."

내가 먼저 여자한테 이렇게나 세련되게 데이트를 청할 수 있을 거라고는 생각지 않았다.

그리고 이렇게 선뜻 승낙을 받을 수 있으리라고도 생각지 않았다.

혼자서 행동하기가 꺼려지는 그녀는 함께 관광할 수 있는 상대를 찾고 있었던 걸까.

그래서 쉽사리 OK 해 준 것이리라.

그날 이후로 나는 지금까지보다 빨리 일어나 가볍게 아침 식사를 끝내고는, 이모보다 빨리 집을 나서 '키쿠야'로 향하게 되었다.

조용한 교토의 동네를 산책하면서, 가게로 향하는 것이 일과가 되어 있었다.

오늘도 기분 좋은 봄바람이 목덜미를 간질이며 지나간다.

철학의 길로 접어들자, 벚꽃 향기를 머금은 봄바람이 불어왔다.

나는 벚꽃이, 벚꽃 특유의 이 향기가 질색이었다.

그리고, 벚꽃을 꺼리는 내가—싫었다.

그래서 이번 봄에 어떻게든 극복하려고 생각했다.

하지만 그 강한 결심도 무색하게, 나는 처음으로 봄철의 교토에 와서 너무나도 아름다운 벚나무에 압도되어 정신을 잃었다. 첫날부터 좌절하고 말았다.

그리고 나는 생각했다. 그만 됐어, 라고.

한 번 더 쓰러지기라도 한다면, 포기하자.

벚꽃을 보지 않아도 살아갈 수 있다. 벚꽃이 없는 장소에서 조용히 살면 된다.

그렇게 생각하게 되고 나서부터는 내 시야 속에 벚꽃이 그렇게 많이 들어오지 않게 되었다.

가게에 도착하자 주방에만 불이 켜져 있었다.

주방에는 벌써 이모부가 들어가 화과자를 만들고 있다. 미닫이식 입구를 여니, 이미 달콤한 냄새가 온 가게에 감돌고 있었다.

나는 불을 켜고 안쪽에 정리해 뒀던 포렴이나 간판을 꺼냈다.

물 뿌리기나 쓰레질, 테이블 닦기나 비품 보충 등 아침 일을 끝내고 나서 유리창으로 칸막이가 쳐진 주방을 들여다봤다.

이모부가 내 얼굴을 보고 씩 웃었다. 나도 미소로 답했다.

이모부는 준비해 두었던 삶은 팥, 두 종류의 설탕과 물을 냄비에 넣었다.

강한 불로 끓여낸 뒤, 이번에는 약한 불에서 떫은맛을 부지런히 빼내며 진득하게 조린다.

타지 않도록 약하게 조리고 있는 것은 팥소였다.

다 조려진 팥소를 무엇에 쓰는 걸까 싶어 조금 전보다

자세히 보고 있었더니, 이모부는 바짝 조린 팥소 안에 잘게 자른 밤 감로자를 넣고 불을 껐다.

그 후 다른 그릇에 박력분과 달걀, 설탕, 벌꿀 등을 넣어 섞으니, 크림색 반죽이 생겨났다.

그 반죽을 예열해 둔 철판에서 한 장씩 꼼꼼하게 구우니, 반죽 표면에 거품이 떠올랐다. 거품이 몇 개 생긴 뒤, 반대편은 말리는 정도로만 살짝 구웠다.

여기까지 오니 그제야 알 수 있었다.

이모부가 만들고 있는 건 도라야키다.

표면의 색깔이 전부 갈색인 것과 표면에 반점 무늬를 띤 것이 있다.

잘 구워져 부드럽게 부풀어 오른 두 종류의 도라야키는 보고 있는 것만으로도 행복을 가져다준다. 내가 알고 있는 어느 도라야키보다도 고급스럽고 사랑스러운 도라야키가 완성된 순간이었다.

다 만들어지자, 이모부는 한 호흡 뜸을 둔 뒤 나를 봤다.

그쪽으로 가도 될까요? 라고 소리 내어 말하지는 못하고 입 모양만으로 그렇게 말하자, 이모부는 엄지와 검지 끝을 둥글게 붙여서 OK 사인을 내주었다.

"이 도라야키, 신작이에요?"

나는 주방으로 들어가자마자 물어봤다.

오늘부터 가게 앞에 진열되는 걸까. 아니면 시제품인 걸까. 시제라고는 생각되지 않을 정도로 훌륭한 완성도인데.

"이거 말이냐? 이건 타카야 네 간식이다."

"가, 간식이요?"

그러니까, 나를 몇 살이라고 생각하고 계신 걸까. 이모도 여전히 내 이름을 부를 때 어린애를 부르는 것처럼 말하고.

"세 시 휴식 때 갖고 가거라. 벚꽃 밑에서 먹으면 맛있어."

오늘 준비 분량을 평소보다 빨리 끝내고, 내 모습이 보였기에 남은 재료로 만들어 주신 것이리라. 도라야키가 잔뜩 든 종이봉투를 건네받고, 나는 쓴웃음을 지었다.

"기쁘긴 한데, 이렇게 많이는 못 먹어요."

"그럼 다른 사람이랑 같이 먹고 와라."

"네?"

"할 말은 그것뿐이다."

화과자를 만드는 사람이라고는 생각되지 않을 정도로,

이모부에게는 달콤한 면이 없다. 조금 웃음이 나올 정도로.

묵직하니 무거운 도라야키를 한 손에 들고 가게로 돌아가자, 앞치마를 걸친 치에코 이모가 서 있었다.

"어머, 이 냄새. 도라야키니?"

나는 이모부가 쥐여 준 갈색 종이봉투를 열어 보였다. 따뜻한 공기 속에 풍기는 팥소와 밤 냄새. 구워진 도라야키 반죽의 좋은 냄새가 가게 안에 감돈다. 이모는 두 종류가 있는 도라야키를 보고 미소를 지으며 말했다.

"어머, 시노노메도 들어가 있네."

"시노노메라니요?"

"이 도라야키 이름이야. 행복을 부르는 마법의 도라야키."

이모는 반점 무늬를 띤 도라야키를 보고 그렇게 말했다.

별난 무늬를 띤 도라야키라고는 생각했지만, 그런 이름이 있을 줄은 몰랐다.

다음 날, 나는 약속 시각 20분 전에 동물원 앞에 도착했고, 그녀를 기다리는 동안 입장권을 샀다.

"어른 두 명이요."

그렇게 말한 내 목소리가 어쩐지 다른 사람의 목소리 같아서 낯간지러웠다.

교토시 동물원은 일본에서 두 번째로 오래된 동물원이다. 7년 동안에 걸친 재단장 공사를 거쳐, 최근에 대대적으로 오픈했다는 모양이다. 어릴 적에 부모님이 데리고가 준 동물원과 얼마나 바뀌어 있을까.

입구 앞으로 돌아가 그녀를 찾기 쉽도록 간판 앞에 서니, 거기서 온 하늘을 한눈에 바라볼 수 있었다.

푸르고 높은 하늘이 끝없이 이어져 있었다. 아침에 집을 나설 때는 아직 추위가 남아있었지만, 지금은 봄다운 포근한 날씨다.

오늘이 맑게 갠 날이라서 다행이다.

그녀는 비 오는 날의 동물원보다 맑은 날의 동물원을 더 좋아해 줄 것이다.

걸어가는 사람들의 복장에서 봄다운 옷차림이 눈에 띄기 시작했고, 특히 여자들의 복장이 화사해졌다.

그런 생각을 하면서 길 가는 사람들을 보고 있었을 때, 한층 눈에 띄는 여자를 발견했다.

그녀는 하얀 블라우스에 얇은 블루 스커트를 입고 있다. 어깨 위까지 사르륵 내려오는 머리카락에 헤어 액세서리가 달려 있다. 아래쪽에는 검은 샌들에 맞춘 발목 양말을 신고 있다.

부드러운 바람이 갓 태어난 어린 신록을 흔들고 있다.

나는 가까이 다가오는 그녀에게서 눈을 뗄 수 없었다.

머리를 자른 그녀는 며칠 전에 만났을 때보다도 훨씬 여성스럽게 보였다.

"죄송해요. 기다렸죠."

내 앞까지 온 그녀, 유키 씨가 고개를 숙이며 말했다.

"아뇨, 전혀요! 저도 지금 막 온 참이니까요!"

필요 이상으로 허둥거렸다. 여자에 익숙하지 않다는 게 훤히 드러난다.

쿡 웃는 그녀에게 등을 돌리고 입장 게이트를 향해 걷기 시작했다.

"입장권 얼마였나요?"

등 뒤에서 들려온 목소리에 나는 "됐어요."라고 대답했다.

"하지만 요전의 뱃삯도 안 냈고."

"요전의 건 헤이안 신궁 일에 대한 답례고, 오늘은 제가 가자고 한 거니까요."

그녀는 나의 그 말을 이해하지 못한 듯했다.

뒤에서 들려오는 건 으음~, 하는 난처한 듯한 낮은 목소리. 뒤돌아보니 그녀는 미간에 주름이 새겨질 정도로 표정을 찡그리고 있었다.

"그럼…… 오늘은 타카야 씨가 내주시는 걸 받아도 되려나요?"

"물론이죠."

그편이 나도 기쁘다.

"아, 그래도 다음은 제가 내게 해 주세요! 꼭이에요!"

그녀의 힘이 실린 말에 나는 쿡, 하고 짧게 웃은 뒤, "그럼, 다음은 부탁합니다."라며 가볍게 머리를 숙였다.

"와아, 뭐죠 저건, 대단해요……."

"엄청나네……."

동물원에 들어가서 가장 먼저 놀랐던 건 호랑이였다. 호랑이가 우리 머리 위를 걷고 있다. 쭈뼛쭈뼛 다가가니 겨우 트릭을 알 수 있었다. 유리로 구획이 나누어진 호랑이 방끼리 구름다리로 이어져 있는 것이다.

오른쪽 방에 있던 호랑이가 구름다리를 건너 왼쪽 방으로 이동하려 하고 있었다.

많은 사람이 걸음을 멈추고 그 광경을 바라보고 있다.

설마 호랑이를 밑에서 올려다볼 수 있는 날이 올 거라고는 생각지도 않았는데. 엄청난 박력이다.

"저, 지금 숨 쉬는 거 깜빡했을지도요."

그렇게 말하는 그녀에게 "저도요."라고 대답했다.

우리 둘 다 머리 위를 걷는 호랑이의 존재에 너무 놀란 것을 깨닫고, 그 자리를 벗어난 뒤 서로 얼굴을 마주 보며 웃었다.

호랑이 방의 유리문 너머에서는 또 다른 호랑이가 자고 있었다.

"자고 있네요."

"자고 있으니 천생 고양이네요. 호랑이 무늬 고양이 같아요."

호랑이 무늬 고양이라니, 그거 호랑이인 거 아닌가…… 하고 생각했지만, 말하는 건 그만뒀다.

"……귀여워."

"그럼 호랑이랑 같이 사진 찍어 볼래요?"

"네, 네에?!"

"자, 빨리 서 봐요!"

당황하는 그녀의 등을 밀어 호랑이가 깨지 않도록 살며시 유리창에 다가가 사진을 찍기로 했다.

유리 한 장을 사이에 두고 바로 옆에 호랑이가 있다. 단지 그것뿐인데, 그녀는 필요 이상으로 긴장한 듯하여 그 긴장이 내게도 전해져 왔다.

사진을 찰칵 찍고 나자, 그녀가 잽싸게 도망쳤기에 나도 모르게 웃고 말았다.

조금 전까지 귀엽다고 했었는데. 옆에 가는 건 무서웠던 모양이다.

떨어진 장소에서 뒤를 힐끔 돌아보는 그녀. 아직 자는 호랑이를 아쉽다는 듯이 보고 있다.

'귀엽다'고 했던 말이 거짓말은 아닌 모양이다.

살며시 옆에 다가가 "캬오오."하고 땅을 기는 듯한 낮은 목소리로 놀래주자, "히익!"하며 깜짝 놀라서는 "하지 마요!"라며 있는 힘껏 내 어깨를 때렸다.

그녀는 몸집이 작은데도, 힘이 꽤 세다…….

그 뒤로 우리는 별것 아닌 이야기를 나누면서 잠시 동물원 안을 걸었다.

동물원 안쪽에는 코끼리가 있었다. 코끼리는 사육사가 들고 있는 긴 호스로 뿌려주는 물을 맞거나, 먹이를 받고 있었다. 연못에 푹 빠져 노는 코끼리의 모습도 보인다. 활달하게 노는 모습을 보고 있자니 이쪽까지 즐거워진다.

그때, 코끼리가 이쪽을 본 느낌이 들었다.

커다란 몸에 둥글둥글한 눈동자. 몸의 구성 부분으로서는 대조적임에도 불구하고, 잘 어울리는 느낌이 들었다.

"동그란 눈이 귀여워서 치유되는 느낌이네요."

문득 그녀가 말했다. 내가 그녀 쪽을 향하자 입꼬리를 씩 올리고서 나를 보더니,

"역시…… 닮았어."라고 말했다.

"코끼리랑 제가요?"

그런 말은 처음 들었다. 설마 코끼리랑 비교될 줄이야.

"제 눈은 저렇게 귀엽지 않다고 생각하는데요."

킥킥 웃으면서 말하자, 그녀가 "눈 모양 말고요!"라고 받아쳤다.

"크고, 가까이 다가가기 어렵지만…… 뭐라고 하면 좋을까, 온몸에서 상냥함이 넘친다고 해야 할까……."

크다든가 가까이 다가가기 어렵다는 말을 들은 적은 있지만, 상냥함이 넘친다는 말을 들은 건 처음이었다.

상냥한 건 그녀라고 생각한다.

그녀가 없었다면 나는 지금 이렇게 교토를 즐기는 것조차 불가능했을 테니까.

평소라면 겸손해하는 척하며 '그렇지 않아요'라고 말했

을지도 모른다. 하지만 눈앞에서 장난치는 코끼리가 사랑스럽고 귀여운 데다, 어쩐지 기뻐서,

나는 "고마워요."라고 말했다.

"네."

그녀도 수줍은 듯이 웃었다.

코끼리랑 닮았다는 말을 듣고 기뻐하는 남자는 나뿐일지도 모르지만 말이다.

그 후에도 그녀와 동물원 안을 돌아봤다.

돌산 위의 원숭이한테서 위협을 받는 나를 보고 웃거나, 갑자기 펭귄을 만지고 싶어졌다며 수조에 손을 뻗는 그녀의 팔을 잡아 야단치기도 하고, '동화의 나라'라고 이름 붙여진 체험 광장에서 얌전한 염소의 등을 쓰다듬기도 했다.

설마 어른이 된 후에 오는 동물원이 이렇게나 즐거울 거라고는 생각지 않았다.

그녀와 함께 웃으면서, 동물들의 새로운 모습을 발견하며 동물원을 돌아다닌다. 즐거운 시간은 눈 깜짝할 사이에 지나갔다.

입구 부근으로 돌아오자 사람들이 모여 있었다. 커다란 정원 안에 목이 긴 동물이 있다.

"와, 기린이다!"

그녀가 뛰어갔기에, 나도 그 뒤를 쫓았다.

"하트 무늬 기린이 있다는 것 같아요."

"진짜요?"

"봐요, 여기에 쓰여 있어요."

그녀는 선간판에 적힌 정보를 가리켰다.

"먼저 찾은 사람의 승리!"라며, 요즘 세상에 중학생도 안 할 게임에 열중하는 우리.

찾지도 않았는데 내가 "아."하고 소리를 내자, 그녀가 "잠깐 기다려요!"라고 말했다. 곁눈으로 그녀를 봤다. 본 적이 없는 진지한 표정으로 하트 무늬를 찾고 있다. 혹시 지기 싫어하는 성격인 걸까? 하는 생각이 들었다.

결국, 먼저 발견한 것은,

"아빠! 저 기린 하트 무늬가 있어!"

우리 옆에 서 있는 네 살 정도의 남자애였다. 아버지 어깨에 올라 목말을 탄 남자아이는 우리보다 훨씬 높은 시점에서 기린을 보고 있었다.

우리는 남자아이가 가리키는 쪽을 눈으로 좇아 확인했고, 하트 무늬를 발견하게 됐다.

"와, 진짜다."

"있네."

필사적으로 찾고 있었는데, 다른 사람이 먼저 답을 말해 버리다니. 그런 서로의 마음속 목소리가 들린 것만 같았다. 우리는 다시 얼굴을 마주 보고 웃었다.

"즐거웠지."

"응, 즐거웠어."

"솔직히 말하면 나는 동물원이 이렇게나 즐거울 거라고는 생각하지 않았어."

"뭐? 그래?"

깨닫고 보니 두 사람 사이에서 존댓말은 사라진 상태였다.

옆을 걷는 거리도 꽤 가깝다. 어깨가 닿을 듯 말 듯 한 정도의 거리에 나는 당황했지만, 그녀는 태연하다.

익숙한 걸까.

그게 아니면, 이성으로서는 의식되지 않는 건가.

그런 걸 기대한 게 아니라, 그저 답례를 할 생각이었다.

관광지를 혼자서 돌아보는 게 어색하다는 그녀를 위해, 나를 도와준 답례로 함께 돌아보고 있었던 거였는데—.

"억지로 같이 와 준 거야?"

그녀는 미안한 듯이 고개를 갸웃했다.

"아니, 그런 건 아니야. 나 혼자였다면 갈 일이 없지 않을까 하고 생각한 것뿐이지."

사실은 네가 함께였으니까—라고 말할 뻔했다.

네가 들어가고 싶어 하는 것 같았으니까, 라고. 하지만 그런 말을 할 수 있을 리가 없다.

"타카야라면 교토 관광은 어딜 고를 거야?"

그녀가 걸으면서 물어봤다.

"나는 절이나 신사 같은 데 가려나."

"그런 곳 잘 알아?"

"아니, 그런 건 아니지만. 혼자서 교토에 온 거였고 말이야. 절이나 신사 쪽이 느긋하게 볼 수 있지 않나 싶어서. 그리고 어른이 되면 보이는 바나 느끼는 바가 변한다고 할까……."

잘 전해질지 걱정이었다.

이런 감각이나 마음은 누구에게나 있는 것일까.

중학교 시절, 수학여행으로 왔을 때는 보이지 않았던 경치까지도 보인다.

10m 앞뿐만 아니라, 좀 더 먼 곳까지. 지금 눈앞에 있는 것 외에도 다른 것이 보이는 듯한 느낌이 든다.

"무슨 말인지 알 것 같기도 해."

그녀가 중얼거리듯이 말했다.

"어른이 된다는 건, 자기 안에도 역사가 생긴다는 거니까. 다른 사람의 역사도 소중히 여기고 싶다고 생각하게 되지."

과거를 돌아본다. 역사를 알게 되면, 남겨진 건조물을 보면 사람들의 마음이 보인다.

그 마음이 남겨져서 마을이 된다. 교토의 마을은 위인들의 마음이 잔뜩 잠들어 있다.

풍선처럼 둥실둥실 떠오르는 마음을 작은 바늘로 팡 터뜨리는 사람도 있는가 하면, 양손으로 소중히 받아들여 주는 사람도 있다.

그녀는 받아들여 주는 사람일까.

나의 마음을, 생각을, 그리고—고뇌를.

그랬으면 좋겠다고 생각했다.

그와 동시에, 나도 그녀를 알고 싶다고 생각했다.

그녀의 내면에 떠오르는 수많은 작은 풍선들을 터뜨리지 않고 받아들이고 싶다. 문득, 그런 생각이 들었다.

"그러고 보니, 유키는 몇 살이더라?"

동안이라서 분명 같은 나이 정도거나 연하일 거라고 멋대로 생각했지만, 분명하게는 물어보지 않았었지.

그녀는 한순간 당황한 표정을 짓고는,

"타카야는?"이라고 물었다.

"나? 나는 스물인데? 유키도 비슷한 정도야?"

"그게, 나는…… 아!"

수로를 따라 난 길로 나오자, 일전에 탔던 배가 보였다.

"저 배, 요전에 탔던 배지?!"

배를 보고 그녀가 말했다.

"응. 즐거웠지."

"지붕이 내려오는 배는 처음 탔어."

"나도."

요전에 그녀와 배를 탔던 풍경이 영화 필름처럼 떠올랐다.

"이 시기 한정이지? 타볼 수 있어서 다행이야."

그렇게 말하며 올려다보는 꽃처럼 환한 미소에 내 마음이 꾹 조여들었다.

그녀와 있으면 행복한 기분이 든다.

봄인데도 이렇게나 즐겁다니.

벚나무가 아득한 길 저편까지 이어져 있었다. 따뜻하고 아름다운 색조로 서로 겹쳐져 있다. 넘쳐나는 벚꽃 꽃잎들 저편에서 화과자 가게가 보였고,

"여기에도 화과자 가게가 있네."

라고 그녀가 말했다.

"아, 그렇지."

나는 가방 안에 넣어 뒀던 것을 떠올리고 말했다.

"도라야키는 좋아해?"

케아게 인클라인은 전장 582m로 세계에서 가장 긴 경사철도 사적이다.

그 선로의 양옆에는 왕벚나무 벚꽃이나 산벚나무 벚꽃이 흐드러지게 피어 있어, 선로를 따라가며 벚꽃을 즐길 수 있다.

"실은 이모부 특제 도라야키를 가지고 왔어."

그렇게 말하자 그녀는 내게 인클라인에 가자고 했다.

도라야키를 먹으며 꽃구경을 하자는 것이다.

난젠지 앞 나루와 옛 케아게 나루까지의 육로를 잇는 선로는 36m 정도의 높낮이 차가 있는데, 당시에는 낙차를 극복하기 위해 로프가 달린 수레에 배를 올린 뒤 로프를 감아올리면서 운반했다는 모양이다.

그때 사용되었던 선로를 '인클라인'이라 부르고, 선로를 따라 나아가며 양옆에 핀 벚꽃을 즐길 수 있다는 것 같다.

그녀가 안내 책자에서 얻은 정보를 들으며, 우리는 인클라인으로 향했다.

바깥의 색깔은 옅은 회색으로 변하고, 그 안쪽에 빨간색 구름도 보인다.

저녁노을이 진하게 색을 남기는 시간이 되어 있었다.

안내 책자에 적혀 있던 대로, 인클라인 양옆에는 벚나무가 늘어서 있었다. 나뭇가지가 중앙에 있는 선로를 향해 뻗어 있고, 거기서부터 벚꽃이 가지를 젖히며 흐드러지게 피어있다. 벚꽃의 색깔로 에워싸인 선로 터 위를 사람들이 걷고 있다.

우리도 걷기로 했다. 벚꽃이 흩날리는 선로 위를.

선로는 자갈길이었고, 옆쪽에는 높낮이 차이도 있어 불안정한 길이 이어져 있었다. 완만한 언덕길로 되어 있는 탓인지, 자신도 모르는 사이에 체력이 소모되어 간다. 돌멩이라고 부르기에는 너무 큰 돌 위를 둘이서 걸어갔다.

설마, 내가 꽃구경을 할 줄이야.

그 첫 꽃구경이—선로를 걸으면서 하는 거라니—.

생각해본 적도 없었다.

가슴이 두근거리지 않는 건 아니다. 하지만 그녀와 함께 있으니까, 교토니까 괜찮다고 생각하는 자신도 있었다.

모든 것을 감싸 주는 듯한 상냥함에 때로는 어리광을 부려 봐도 괜찮은 것 아닐까, 하고 말이다.

잠시 걷다가, 그녀가 이마에 땀을 흘리고 있다는 걸 알아차린 나는 선로 옆에서 휴식을 취하기로 했다.

가방에서 꺼낸 건 어제 이모부가 만들어 주신 도라야키다.

나 혼자서는 다 먹을 수 있을 것 같지 않다. 무엇보다, 화과자를 좋아하는 그녀가 기뻐할 게 틀림없다고 생각하여 살짝 챙겨 왔다.

그녀는 봉투 안을 들여다보더니, 감탄에 찬 목소리를 냈다. 먹어봐, 하고 하나를 꺼내 건네자 입을 크게 벌리고 덥석 베어 물고는 "맛있어~."라며 녹아내릴 듯한 목소리로 말했다.

"이것도 가게 간한 항훔히햐?(간판 상품이야?)"

도라야키를 입안 가득히 넣고 우물거리며 물어본다.

언제나 에티켓을 잘 지키는 모습에서는 상상하기 어려운 듯한 느낌도 들었지만, 화과자를 좋아하는 그녀라면 이해할 수 있을 것 같기도 하다.

"아니, 그런 건 아니야. 어제 나를 위해 만들어 주셨어."

"그럼 가게에서는 내놓지 않는다는 거야?"

"그래. 가게에는 진열하고 있지 않아."

"그럼 특별한 거네. '키쿠야'의 도라야키를 먹을 수 있다니, 꿈만 같아."

그녀는 입을 크게 벌리고 하나 더 먹었다. 나도 그녀를 따라 도라야키를 먹었다. 달콤한 팥소의 맛이 입안 가득히 퍼진다.

"맛있네."

"응."

눈앞에는 오래된 선로가 있고, 그 양옆을 복숭앗빛 꽃들이 꾸미고 있다. 그 속에서 그녀와 먹는 도라야키는 세상에서 제일 맛있게 느껴졌다.

선로를 바라보며, 양옆에 화려하게 핀 벚꽃을 봤다.

넘쳐난 벚꽃이 하늘하늘 흔들리며 떨어진다. 그 벚꽃은 나비처럼 보였다. 하얀 나비, 복숭앗빛 나비, 작은 나비가 놀고 있는 것 같다.

시선을 살짝 먼 곳으로 향해 보자, 선로 양옆에 흐드러지게 핀 먼 곳의 벚꽃들이 경치 속에서 흐릿하게 보였다.

다른 세상에 온 것 같다고 생각했다.

벚꽃을 무서워하지 않는 내가 있다. 봄철의 나를 무서워하지 않는 여자애가 있다.

이 장소는 모르는 세상 같다.

"타카야가 먹고 있는 도라야키, 시노노메 같네."

저 너머 먼 곳으로 이어지는 선로의 경치를 말없이 바라보고 있는 내게, 그녀가 살며시 말했다.

"그거, 이모도 말했었는데. 이 도라야키의 이름은 시노노메라고. 유명한가?"

"도라야키의 이름이 되어 있다는 건 몰랐지만, 시노노메는 알아."

"시노노메가 뭔데?"

"하늘의 이름."

"하늘?"

"그래. 동이 트기 전에 붉은색으로 물드는 하늘을 말해."

그렇구나……. 그래서 반점 무늬로 표현된 거군……, 하고 마음속으로 중얼거렸다.

"잘 아네."

"응. 내가 살고 있는 마을의 이름과 같아."

아름다운 경치를 모티브로 삼아 화과자를 만들다니, 역시나 이모부라는 생각이 들었다.

아름다운 경치와 화과자를 사랑하는 이모부가 만들어 준 도라야키를 보고 있는데, 꽃잎이 하늘하늘 떨어졌다.

분홍색이기도 하고, 흰색이기도 한 꽃잎들은 나를 향해 떨어져서는, 바람에 나부껴 그녀 쪽으로 왔다 갔다 했다.

꽃잎 한 장이 그녀의 도라야키 한가운데 떨어졌다. "이거, 특별하네."라며 그녀가 미소 지었을 때, 바람이 확 불었다.

생각지 못한 강한 바람에 비틀거리는 그녀를 받쳐 주고자 손을 뻗은 그때였다.

"꺄앗!!"

눈앞의 선로를 걷던 여성이 크게 휘청거렸다.

강한 바람을 맞아 자세가 무너진 여성은 선로와 자갈 사이에 힐이 끼어 버린 듯했다.

—!

그때, 힐에 튕긴 작은 돌멩이가 우리 쪽으로 날아왔다.

이쪽을 향해 똑바로 날아오는 돌멩이가 슬로우 모션처럼 보였을 때, 나는,

"위험해!!"

어디선가 들려오는 누군가의 목소리와 동시에, 온몸의 힘을 눈에 담았다.

다음 순간, 그 작은 돌멩이는 우리 앞에서 사라졌고—.

"어……."

"왜 그래……."

"무슨 일이야?"

즐거운 목소리에 에워싸여 있던 인클라인의 풍경이 확 바뀌었다.

주변이 술렁거리고, 사람들의 표정이 흐려졌다.

나는 옆에 앉아 있는 그녀의 표정조차 확인할 수 없었다.

"괜찮으세요?! 다친 데는 없으세요?! 그런데…… 어라? 방금, 저 때문에 돌이 튕겨 날아간 것 같은데……."

부러진 힐을 손에 들고 뛰어온 여성에게, 나는 작게 "괜찮습니다."라고만 대답한 뒤 유키의 손을 잡고 일어서 말없이 걷기 시작했다.

나는 또 저질러 버렸다.

벚꽃 아래에서. 소중한 사람의 앞에서.

또 물체를 날려 버렸다—.

제4장

"가자."

나는 그녀의 손을 잡고 잰걸음으로 걷기 시작했다.

벚꽃이 흩날리는 인클라인에서는 사람들이 꽃구경을 즐기고 있다. 그런 가운데 나는 모양새를 신경 쓰지 않고 도망치다시피 그 자리를 떠났다.

필사적이었다. 빨리 이 장소에서 멀어져야만 한다고 생각했다.

그녀의 손을 잡고 걷는 도중, 주위의 잡음은 들리지 않았다. 아니, 들리지 않는 척을 하고 있었다.

내 이변을 알아챈 것인지, 옆을 걷는 그녀는 아무 말도 하지 않았다.

—알려지고 싶지 않았다.

—그녀 앞에서는 평범한 나로 있고 싶었다.

시간은 지나, 우리를 비추는 것은 마을의 가로등과 검게 물든 밤의 어둠뿐이었다.

으스름달이 낮은 하늘에 빼끔 떠 있다.

밝게 빛나지도 않고, 그렇다고 해서 흐릿한 것도 아닌 봄날의 으스름달이 뜬 하늘 아래, 정신을 차리고 보니 나는 그녀의 손을 잡은 채 근처의 역까지 걸어왔었던 모양이다.

모든 것이 잘 될 거라고 믿고 있었을 때 갑자기 일어난 이 힘이 얄밉게 느껴졌다.

어째서, 벚꽃 아래에서 돌을 날려 버린 거지?!

후회의 감정이 울컥 밀려왔다.

후회한들 무엇 하나 바뀌지 않겠지만.

사람이 오가는 역 앞에 도착했지만, 내 뒤에 서 있는 그녀는 미동조차 하지 않았다.

아무 말도 할 수 없는 것일까. 그게 아니면…….

어쩌면 그녀는 알아차리지 못했을지도 모른다.

돌멩이가 날아온 것. 내가 그걸 지워 버린 것을 보지 못했을지도 모른다.

이대로, 밀어붙일 수 있나?

그렇게 생각했을 때,

"저기."

계속 말이 없었던 그녀가 입을 열었다.

뒤돌아서 그녀를 봤다.

그녀는 조심스럽게, 그러나 똑바로 내 눈을 바라보고 있었다.

나는 그때 자그마한 그녀의 도톰히 부풀어 오른 입술에서 그 말이 튀어나오는 것 아닐까 하고 생각해 버렸다.

'—봄철의 이치이는, 무서워.'

이 사람이라면, 그녀라면 분명.

믿으려 했던 여성에게서 들은 그 말이.

나는 눈을 꾹 감았다. 고통을 참아내려는 준비였다고 생각한다.

"고마워."

그녀는 그렇게 말했다.

"지켜줘서, 고마워."

예상하지 않았던 말에 망연해졌다.

그녀는 아무 말도 하지 못하는 내 손을 잡고 눈앞에 있는 역사로 들어가서는, 두 사람 몫의 표를 산 뒤 그대로 전철에 올라탔다.

전철 안에서 서로 간에 대화는 없었다.

그녀가 어디로 가려는 건지, 나는 알 수 없었다.

가고 싶은 곳이 있는 걸까?

전철에서 내리자 그녀의 뒤를 쫓다시피 하며 걸었다.

지하철역에서 나오자 지상은 사람으로 넘쳐나고 있었다.

신호가 바뀌자 그녀는 큰길의 건널목을 그대로 성큼성큼 걸어갔다.

건널목을 다 건너자 커다란 다리 위로 나왔다. 그 아래에는 강이 흐르고 있었다.

강이 달빛에 반짝여 수면 일부가 금색으로 반사되고 있다.

마을 한복판에 넓은 강이 흐르는 이 경치가 완성된 한 폭의 그림처럼 보였을 때, 나는 기시감을 느꼈다.

이 경치는, 본 적이 있다.

아아, 그런가.

이 강은 자주 TV나 잡지에서 보던 강이다. 이름은, 그렇지. 카모가와강.

"와본 적이 있어?"

나는 앞을 걷는 작은 등에 대고 물었다.

잘 생각해보면 어리석은 질문이었을지도 모른다.

교토에 오면 대부분은 카모가와강을 보러 올 것이다.

이만큼 아름다운 강이니까.

이모부와 이모가 '모처럼이니 시내로 놀러 갔다 오렴.'

그렇게 말했던 의미를 지금 알게 된 느낌이 든다.

이 주변은 오카자키와는 또 다른 분위기가 있다. 젊은이가 모이는 또 다른 교토의 매력이 그곳에 있었다.

"아니, 와본 적은 없어. 그래서 가보고 싶다는 생각이 들어서…… 가는 길은 미리 알아봤으니까."

부드러운 목소리로 그녀가 말했다.

뒤돌아서 나를 보는 그녀의 활처럼 처진 눈가에서는 상냥함이 배어 나오는 듯했다.

그녀는 돌계단을 콩콩 내려갔고, 나도 그 뒤를 따라갔다.

강가에 앉은 그녀 옆에 나도 따라 앉자, 별이 반짝이는 하늘이 보였다.

아름다운 세계에 녹아드는 그녀의 옆모습을 쭉 보고 싶어지지만, 그래서는 안 되리라.

그녀는 침착하게 이야기할 수 있는 장소를 준비해 준 것일지도 모른다.

발아래를 보니 꾀죄죄한 스니커즈가 있었다. 신발이 이렇게 될 때까지 나는 오늘 하루 그녀와 데이트를 즐겼는데. 그렇게 생각하면 더더욱 가슴이 아파진다.

봄날의 안개는 사라져, 유유히 흘러가는 강이 또렷하게 보였다.

큰길과 비슷할 정도로 커다란 강이었다.

강 언저리에는 커플들이 서로 달라붙어 있다. 대학생으로 보이는 집단도 있다. 이것도 TV나 잡지에서 봤던 풍경과 거의 변함이 없었다.

강을 사이에 끼고 맞은편에 다이쇼 시대*부터 있었을 것 같은 중후한 느낌의 건물이 보였다.

역사가 느껴지는 고풍스러운 건물은 중화요리 가게인 듯했다.

유니폼을 입은 웨이트리스나 이국풍 남성이 요리를 나르는 모습이 작게 보였다.

현재와 과거, 일본과 외국이 어우러지는 마을이었다.

새로운 것과 오래된 것, 맞이하는 사람과 환영받는 사람, 다양한 시간과 사람이 뒤섞여 있다.

그렇게 생각했더니, 계속 술렁이며 소리를 냈던 마음이

* 1912년~1926년

단 한 번에 조용히 가라앉았다.

나는 살며시 그녀 쪽을 바라봤다.

그녀의 옆얼굴에 수면의 빛이 비치고 있다. 그 모습은 낮에 봤던 사랑스러운 여자애 같은 느낌이 아니라, 늠름하고 아름다운 여성 같은 느낌이었다.

만난 지 얼마 되지도 않았는데, 오늘 하루 만에 그녀의 여러 얼굴을 볼 수 있었다는 생각이 들었다.

가만히 바라보는 나의 시선을 알아챈 것인지, 그녀가 나를 보고 미소 지었다.

그녀의 미소에 내 안쪽의 무언가가 녹아내렸다.

그리고, 나는 겨우 먼저 입을 열었다.

"조금 전에는 미안. ……억지로, 끌고 와서……."

그녀가 먹고 있었던 도라야키도, 그녀가 보고 있던 경치도 그 장소에 그대로 둔 채였다.

"아냐. 괜찮아."

"그때 말이야, ……나……."

거기까지 말하고 입을 다물었다. 어디서부터 이야기하면 좋을지 알 수 없었다.

"……그 돌."

마치 입을 다문 나를 대신하는 것처럼 그녀가 이야기하

기 시작했다.

"엄청난 속도로 날아왔지."

"……응."

"그 돌, 우리를 향해 날아온 거지……."

"……그래."

천천히 이야기하는 그녀의 목소리에, 나는 그저 끄덕일 수밖에 없었다.

그녀는 그런 내게 조심스레 물었다.

"……그리고…… 우리 눈앞에서, 사라진…… 거지?"

"……맞아."

역시 보였던 거구나.

그녀는 돌멩이가 눈앞에서 사라진 걸 눈치챘다.

"……그건……."

"내가…… 없앤 거야."

누구에게도 말할 수 없었던 진실을, 나는 처음으로 남에게 이야기했다.

그건, 내가 돌을 없앴다는 사실.

그건, 내게는 남과 다른 불가사의한 능력이 있다는 현실을 인정하는 것이었다.

내 능력은 남을 불쾌하게 만들고, 무섭게만 할 뿐이었다.

그래서 누구에게도 이야기할 수 없다고 생각했지만, 언제까지나 얼버무릴 수도 없는 상황이었다.

진실을 털어놓으면 분명 그녀도 내게서 멀어져 갈 것이다.

"……."

그녀는 달밤이 비치는 카모가와강을 바라보고 있었다. 달빛이 카모가와강의 수면을 비추고, 그 빛은 반짝반짝 흔들려 무척이나 아름다웠다.

우리 둘 사이에 한동안 침묵의 시간이 흘렀다. 그 시간 속에서 나는 생각했다.

더는 이 사람을 난처하게 만들어서는 안 된다고.

나는 그 자리에서 일어서서,

"친척 집은 이 근처야?"

"어?"

나를 올려다보고 눈을 깜박이는 그녀. 커다란 눈동자가 여느 때 이상으로 커졌다.

"혼자서 돌아갈 수 있어?"

"잠깐 기다려. 무슨 말이야?"

앉아 있던 그녀가 일어서서 내 옆에 나란히 섰다. 나보다도 훨씬 작다.

애교가 넘쳐 귀엽게 보였던 낮, 늠름한 옆모습이 어른스럽게 보이는 밤. 그리고 이런 나를 붙잡아 주는 그 모습은 또 다른 일면을 보여준다.

붙잡아 준 게 기쁘지 않을 리가 없다. 하지만 이 이상 그녀를 말려들게 할 수도 없는 노릇이다. 이야기를 들어 준 것만으로도 다행이라고 자기 자신에게 되뇌었다.

"됐어. 그만 가자."

"됐다니, 뭐가 됐다는 거야?"

"내가 무섭잖아?"

다리 위를 달리는 자동차의 라이트가 내 얼굴을 비추고, 그다음으로 그녀의 표정을 비추었다.

그녀는 내 말에 놀란 듯한 표정을 보였다. 눈살을 찌푸리고, 입은 반쯤 열린 채였다.

"그러니까, 돌아가자?"

매력적이고 귀여운 사람이었다.

무엇이 계기가 되어 이렇게 되었는지 지금의 나로서는 알 수 없었지만, 그녀와 만날 수 있어서, 교토의 거리를 함께 관광할 수 있어서 무척이나 행복했다.

"그러니까."

정적이 시간을 감싸는 가운데, 나는 뒷말을 이었다.

"돌아가자."

더는 만나지 않을 것이다. 무서워하게 하고 싶지 않다.

"저, 저기 말이야! ……나!"

갑자기 그녀가 목소리를 높였다.

내 눈앞에는 그녀가 일어서서 내민 엄지손가락의 안쪽 부분이 보였다.

"엄지손가락이 이만큼이나 굽혀져!"

"이것 봐." 그렇게 말하며 엄지손가락을 움직이는 그녀.

엄지손가락 맨 아래쪽의 관절이 본 적도 없는 형태로 움직이고 있었다. 앞으로 갔다가, 뒤로 갔다가. 꾸불꾸불하는 게 연체동물 같았다.

"어……? 아…… 응."

갑자기 왜 그러지?

그녀는 필사적으로 말을 자아냈다. 나는 잠자코 뒷말을 기다렸다.

"나 말이야, 손가락을 이렇게 움직일 수 있는 게 내 특기였어! 그도 그럴 게, 이런 짓 하는 사람은 얼마 없어서, 나만 할 수 있는 거라고 생각했거든.

그래서 말이지, 초등학교 때 우리 반 장기자랑 시간에 내 재주로 보여줬더니 다들 기겁을 하지 뭐야. 남들이 보기엔 그건 특기가 아니라, 무서운 기술이었대. 기분 나쁘다는 말도 들어서 정말로 분했어."

무슨 말을 하고 싶은 건지 알 수 없었다.

그녀의 관절이 내 이야기랑 무슨 연관이 있는 걸까.

"관절이 유연하네?"

말을 골랐다.

"그래! 단지 그것뿐인데, 남들과는 다르게 움직이는 내 관절이 무섭다는 거야……."

그 무렵을 떠올린 것일까? 그녀는 분한 듯이 눈살을 찌푸리고 있었다.

그녀의 관절은 전신이 유연하다는 모양이다.

매끈한 어깨와 쭉 빠진 허리 라인도, 나긋나긋한 손발도 그녀의 매력 중 하나다.

손가락 관절 하나로 그녀를 기분 나쁘다고 여기다니, 그릇이 작은 녀석들이라고 생각했다.

초등학생 때니까 어쩔 수 없는 것일지도 모르지만, 그런 녀석들의 말에 그녀가 상처를 받을 필요는 없다고 생각한다.

"그러니까, 내가…… 무서… 울까?"

"뭐……?"

"내 관절이랑 이치이가 이야기해 준 건…… 똑같은 것

아닐까?"

조심스럽게, 내 마음 안쪽을 어루만지는 것처럼 그녀가 말했다.

팽팽하게 당겨진 실이 당장에라도 뚝 끊겨 그녀가 울음을 터뜨릴 것 같은 느낌이 들어서, 나는 숨을 훅 뱉었다.

내 이야기를 들어도 나를 보는 그녀의 견해는 변하지 않았다는 것일까?

그런 일이, 있을 수 있는 걸까?

그녀가 가진 고민과 내가 가진 고뇌의 종류는—.

"다르다고 생각하는데……."

"……다른가."

유감이라는 듯이 어깨를 푹 떨구는 그녀에게 나는 말했다.

"그래도…… 고마워."

이런 식으로 아픔을 서로 나누려 해준 사람은 지금까지 살아오면서 그녀뿐이었다.

우리는 재차 강변에 앉았다.

강의 흐름이 조금 전보다 느릿하게 느껴졌다. 우리 사이에 흐르는 공기도 일변했다. 아니, 그녀 자신에게 변한 점은 없었다. 내 마음이 변한 것이다.

밤바람이 뺨을 건드렸다. 부드럽고 따뜻한 봄바람도 밤이 되자 차가운 바람으로 변해 있었다.

"춥지 않아?"

"괜찮아."

옆을 보자, 그곳에는 온화한 미소를 짓고 있는 그녀가 있었다.

나는 입고 있던 재킷을 벗어 그녀의 어깨에 걸쳤다.

"고마워."

그녀는 재킷의 옷깃을 쥐고는 코끝을 파묻었다.

"……이야기해도 될까?"

"응."

수면에 작은 물결이 일고 있다.

나는 자신의 힘에 관해 이야기하기로 했다.

"나한테는 불가사의한 능력이 있는 모양이야. 그건 봄 한정인 능력인데. 내가 막 10살이 된 생일 때부터 시작됐어."

"응."

그녀의 얼굴은 보지 않았다. 나는 강을 바라본 채 말을 자아냈다.

"옛날에 엄마가 점쟁이한테서 '내 목숨은 10살 때까지'

라는 말을 들었다는 것 같아. 단순한 점괘라고 생각했으니까 엄마도 딱히 신경 쓰지 않았고, 나도 믿지 않았어. 하지만 10살 생일이 지나고 난 날부터, 나는 봄이 되면 싫다고 생각한 것을 없앨 수 있게 됐어."

"없애……?"

"없앤다기보다, 눈앞에 있는 벚나무 아래에서 다른 벚나무로 날려 버릴 수 있다고 해야 할까. 바꿔 말하자면, 순간이동이라고 할 수 있지 싶어. 분명, 조금 전에 날린 돌멩이도 어딘가의 벚나무 아래에서 발견될 거야."

"……."

"거짓말 같은 이야기지?"

"……응."

그렇게 말하고 그녀는 고개를 끄덕였다. 그리고 "하지만, 사실인 거지?"라고 뒷말을 이었다.

눈을 감고, 끄덕였다.

"괜찮다면, 들려주겠어?"

사라질 것 같은 목소리로 그녀가 중얼거렸다.

"알았어."

나는 과거를 돌이켰다.

벚꽃 잎이 흩날리는 날들 속에서, 많은 것들을 없앴다—.

그건 맹렬한 속도로 날아온 축구공이기도 했고, 처음으로 받은 러브레터이기도 했다.

그리고 그것들은 내가 싫다고 생각한 순간, 그 자리에서 사라지고 말았다.

"싫다고 생각하면 사라지는 거야?"

"그래. 분명 싫다고 생각한 순간에 순간이동 시켜 버리는 것 같아."

"……."

"어째서 벚꽃이 피는 계절 한정인지는 몰라. 어째서 내게 이런 힘이 있는지도 알 수 없어. 하지만 나는 싫다고 생각하면, 그걸 날려 버리고 말아."

"……."

"지금은 물체뿐이지만, 언젠가…… 소중한 사람까지 사라지게 만들어 버리는 것 아닐까 하고 생각하면, 불안해……."

토해낸 숨결 때문에 밤하늘에 구름이 흘러가는 속도가 더 빨라진 듯한 느낌이 들었다.

지금까지 누구에게도 이야기할 수 없었던 현실을, 마음속 깊은 곳에 있는 본심을 처음으로 남에게 털어놓고 있었다.

내면의 목소리가 술술 말이 되어 나오는 감각은 좋은 기분이었지만, 전부 말한 뒤에 그걸 받아들인 그녀가 부담스럽게 느끼지 않을지 신경 쓰였던 것도 사실이다.

시선을 맞추는 것처럼 그녀를 보자, 그곳에는 역시 그녀의 미소가 있다.

하지만 그 미소는 상냥하게 감싸 안는 듯하면서도, 울고 있는 것처럼도 보였다.

가만히 바라보고 있는데, 그녀의 입가가 떨렸다.

달달 떨리는 것은 입술뿐만이 아니었다.

그녀의 눈동자에 얇게 덮인 것이 떨렸을 때, 아차 싶었다.

그녀는 무척이나 섬세하고 상냥한 사람이다.

감수성이 강한 그녀는 분명 내 고통을 자신의 것처럼 느끼고 있을 게 틀림없다. 그렇게 생각했을 때, 그녀는 말을 고르는 것처럼 조심스럽게 입을 열었다.

"……괴로웠지……."

"응……."

'괴로웠지.'

그녀의 말에, 울음을 터뜨리고 싶어졌다. 나는 줄곧 괴로웠던 것이다.

강 위를 지나는 다리의 안쪽에서, 기타의 음색과 남자의 노랫소리가 들려왔다.

자신의 마음을 가사로 바꾸어 사랑 노래를 부르고 있다.

채 가사가 되지 못한 말은 소리가 되어 듣는 사람의 심금을 울렸다.

지금 내 마음에 울리는 것은 말로 표현되지 않는 얇게 덮인 눈물의 막이었다.

"……미안해."

그녀가 그렇게 작게 중얼거리자, 나는 당황했다.

그녀가 사과할 건 아무것도 없다.

"어째서 유키가 사과하는 거야? 들어준 것만으로도 나는 기뻐."

그녀가 들어줘서 다행이다. 처음으로 이야기하고 싶다는 마음이 드는 사람과 만났다.

고마워, 유키……. 나는 그렇게 말했다.

너와 만나게 되어서, 정말로 다행이야.

* * *

그날 밤 이후로 우리는 급속히 사이가 가까워졌다.

그렇게 되자, 그녀의 내면을 잘 알 수 있었다.

역시 그녀는 섬세한 배려를 할 수 있는 사람이었다.

상냥하지만, 군데군데 푼수 같은 점이 있고, 미덥지 못한 부분도 많이 있었다.

실수를 하면 헤헤, 하고 헤실거리며 웃는 얼굴이 강아지처럼 보이기도 하고, 너구리처럼 보이기도 해서 딱 한 번 '너구리랑 닮았다는 말 들은 적 있어?'라고 물었더니, 진심으로 화를 냈다.

너구리는 금지단어였던 모양이다.

'여자를 무언가에 빗댈 때는, 조금 더 귀여운 동물로 하라구.'라며 팩 토라지는 그녀.

너구리가 동물 중에서 가장 귀엽다고 생각하는 나로서는 이해할 수 없는 말이었지만, 그렇게 사소하게 다툴 수 있을 정도로 우리의 거리는 가까워져 있었다.

"어서 오세요."

화과자 가게의 포렴을 젖히고 오늘도 '키쿠야'에 온 건 유키였다.

"어머, 유키구나. 오늘도 와 준 거니? 고맙네."

치에코 이모가 그렇게 말하자, 그녀는 공손하게 머리를 숙였다.

"오늘은 찹쌀떡을 사려고요."

"무슨 찹쌀떡으로 할래?"

"그럼, 소금 찹쌀떡으로 부탁드릴게요."

"알았어."

그녀가 고른 소금 찹쌀떡을 집게로 감싸듯이 집었다. 말랑한 떡의 모양이 변하며 운반된다. 그녀는 그 모습을 들여다보고 있었다.

"자, 여기. 맛있을 거야."

"고마워."

그녀는 종이로 감싼 소금 찹쌀떡을 받아들고는, 마침 딱 한 자리가 비어 있던 테이블에 앉았다. 이 장소가 비어 있다니, 이 시기엔 드문 일이었다.

나는 따뜻한 차를 따라 그녀의 테이블에 올려놓았다.

"편안한 시간 되세요."

내 말에 그녀가 미소 지었다. 그것만으로도 가게 안이 특별한 공간으로 변한 것 같았다.

"오늘은 드물게 한산하네."

그녀가 찹쌀떡을 먹으며 말했다.

"가끔 이런 시간이 생겨." 나는 그렇게 말했다.

"그럼 타이밍이 좋았다는 거구나. 한 번 가게 안에서 먹어 보고 싶었으니까, 기뻐."

그렇게 말하고는 찹쌀떡을 먹는 그녀의 옆모습을 보고

있었다.

교토에 아는 사람은 없다고 한 그녀는 자주 날 의지하여 놀러 오게 되었다.

그녀는 혼자보다도 둘이 있는 걸 좋아하니까, 교토를 관광하려면 새로이 친구가 된 내가 있는 게 더 안성맞춤이리라.

내가 일을 쉬는 날에는 같이 관광명소로 걸음을 옮겼다.

일이 있을 때는 오늘처럼 화과자를 사러 와 주었다.

가게 안이 한산할 때는 안에서 먹고 가는 일도 있지만, 가게 안이 떠들썩해지면 가볍게 인사를 하고 가게를 나선다.

이것저것 하는 사이에 오늘도 가게 안은 금방 사람들로 가득 차서, 그녀는 먹던 소금 찹쌀떡을 든 채 가볍게 인사를 하고 가게에서 나갔다.

"아……."

오늘은 벌써 돌아가 버리는 건가.

내 마음이 표정에 드러나 있었던 걸까. 치에코 이모가 말을 걸었다.

"타카야, 슬슬 휴식 시간이네."

"방금 휴식 시간 받은 참인데요?"

"그랬었나. 그러면 오늘은 미키도 있어 주니까, 타카야 너는 그만 가 봐도 좋아."

미키는 같이 아르바이트를 하는 동료다. 나와 같은 대학생으로, 일을 잘한다.

"정말로요?" 치에코 이모에게 그렇게 말한 뒤, "괜찮겠어?"라며 미키 쪽을 봤다. 미키는 고개를 끄덕였고, 치에코 이모는,

"지금부터 쫓아가면 아직 따라잡을 수 있지 않겠니?"

윙크라도 할 것 같았다.

"고맙습니다, 이모! 미키!"

나는 그렇게 말하고 곧바로 입고 있던 앞치마를 벗은 뒤, 미닫이를 드르륵 열고는 밖으로 나갔다.

벚꽃의 꽃잎이 봄바람에 흐드러지게 날아 내려온다.

훨씬 먼 저편까지 분홍색으로 가득한 세계가 이어져 있다.

그 세상 속을 걷는 사람들의 모습은 마치 눈보라처럼 흩날리는 벚꽃 때문에 희미해져 보인다.

흩날리는 벚꽃과 사람의 물결. 비와호 수로의 수면에는 떨어진 벚꽃 잎이 가득히 떠 있었다. 벚꽃 강이라고 불러도 이상하지 않을 정도로 압권인 광경이었다.

그녀는 흩날리는 이 벚꽃 속에서 어디로 걸어갔을까. 오른쪽일까? 그게 아니면 왼쪽?

눈을 크게 뜨고 분홍색으로 물든 세상을 자세히 살펴봤다. 그 속에서, 그녀의 뒷모습을 찾아낸 느낌이 들어서—.

"유키!"

나는 정신없이 뒤를 쫓아가 말을 걸었다.

기시감이다. 예전에도 나는 여기서, 이 장소에서—.

"따라잡았다……!"

그녀의 발아래에 꽃잎이 잔뜩 깔려 있었다.

뒤돌아본 그녀는 말 같은 기세로 달려온 나를 가만히 바라봤다.

두 무릎에 손을 짚은 채 어깻숨을 몰아쉬는 나를 보고, 그녀는 웃음을 터뜨리며 말했다.

"타카야, 무슨 일이야?"

그 자세 그대로 고개를 들자, 그녀와 시선이 이어졌다.

아아, 만났다. 나는 그렇게 생각했다.

한 번 보는 것만으로는 부족하게 되었다.

"지금, 아르바이트 끝났으니까 어디 놀러 안 갈래?"

"정말? 갈래, 갈래!"

그녀는 뛰어오를 것처럼 기뻐했다.

그 모습은 역시 강아지, 아니, 새끼 너구리 같다고 말하면 또 화를 낼 테니까 그 말은 하지 않았다.

때는 저녁에 가까워지려는 시간이었다.

흐트러진 호흡을 가다듬으며, 어디로 갈까? 멀리는 못 가겠지? 등을 머릿속으로 생각했다.

문득 떠오르는 것은 얼마 전 내가 아르바이트를 쉬는 날에 함께 갔던 시내의 카페였다.

'오늘은 복고적인 느낌이 나는 찻집에 가고 싶어서.'

그녀가 그렇게 말했고, 우리는 안내 책자를 한 손에 들고 시죠카와라마치 교차로를 걸었다.

이런 번화가에 복고적인 카페가 있을까? 하고 반신반의하며 지도를 따라 걸어갔더니, 그곳에는 쇼와* 초기에 세워졌으리라고 짐작되는 찻집이 있었다.

둘이서 가게 안으로 들어갔다. 클래식 음악이 흐르는 레트로-모던풍 공간은 아늑하게 쉴 수 있는 장소였다. 커브를 그리며 돔 모양으로 된 천장. 벽에 걸린 명화. 어딘가 영화의 한 장면 속으로 뛰어든 기분이었다.

"여기에 오고 싶었어."

작은 목소리로 그렇게 말한 뒤, 나를 향해 지어 준 미소가 무척이나 귀여워서.

나는 그 미소를 한 번 더 보고 싶다고 생각했다.

---

* 1926년 말~1989년 초

"이 근처는 이제 다 산책해 봤어?"

어디로 갈지 고민하는 내게 그녀가 말했다.

"아직이려나. 유키는?"

"나도."

"그럼."

"갈래?"

"가자!"

죽이 잘 맞는다는 건 이런 걸 말하는 게 아닐까 싶을 정도로 경쾌한 대화였음을 그 대화가 끝난 후에야 깨달았다. 도리어 너무 마음이 잘 맞는 느낌이 들었기에, '아니, 상대가 누구든 이 정도 대화는 평범한 건가'라는 생각을 하며 걷기 시작했다.

오늘도 철학의 길은 관광객으로 넘쳐났다.

우리는 철학의 길에서 언덕길을 하나 내려간 곳에 있는 시시가타니거리를 걷기로 했다. 이 근처는 코인 주차장이나 서양식 저택이 늘어서 있어 또 다른 분위기를 보여주는 길이었다.

"전에 말이야, 혼자서 은각사에 갔어."

"은각사, 나도 최근에 갔는데?"

"어땠어?"

"나는 엄청 좋았어. 금각사도 멋지지만, 은각사의 화려하게 드러나지는 않아도 내면에 숨겨진 아름다움에 감동했어. 건물이나 정원은 아무 말도 하지 않지만, 주인을 사랑한다고 말하는 느낌이 들었어."

"응……."

나도 똑같이 느끼고 있었다.

절도 정원도, 주인인 아시카가 요시마사 공에 대한 사랑으로 넘쳐 있었다.

"내가 봤을 때, 건물은 은색으로 보이지 않았는데 어째서 은각사라고 부르는 거야?"

문득 그녀가 말했다. 소박한 의문이었던 모양이다.

"금각사는 금이 사용된 걸로 유명하지만, 은각사에 은은 사용되지 않았어. 새까만 옻이 칠해져 있을 뿐이지."

"옻이구나."

"그래. 그 옻이 세월이 흘러 표면에 하얗게 드러났다는 것 같아. 에도 시대에 연못에 비친 하얀 옻 색깔이 은색으로 보인 것에서 은각사라고 불리게 되었대."

"그렇구나……."

연못에 비치는 은색의 은각사.

은각사를 비추는 것은 높게 떠오른 달이다.

달빛에 비추어진 은각사는 연못 속에서만 은색으로 빛난다. 그 아름다움은 이 세상의 것이라고는 생각되지 않을 정도일 것이다.

"달밤에 빛나는 연못 속의 은각사는 무척 아름답겠지…."

그녀가 머릿속에서 그리는 그림은 분명 나와 같은 것이리라고 생각했다.

함께 본 것은 아니지만, 통한다. 서로가 딱 맞는다.

이런 감각은 처음이었다.

"이 근처에 있던 은각사 캔디 가게에는 가 봤어?"

은각사 거리로 들어섰을 때 그녀가 말했다.

"뭔데, 그게? 아직 안 가봤는데."

"옛날 그대로의 캔디 가게래! 우유 맛 아이스캔디 속에 과일이 잔뜩 들어 있어서 엄청 맛있었어!"

파인애플 주스 같은 건 개업했을 때랑 가격이 바뀌지 않았다는 모양이야! 그렇게 흥분한 기색으로 말을 계속하는 그녀에게 나는 말했다.

"거기 가보고 싶네."

"가자!"

그 후 우리는 시라카와거리에 있는 은각사 캔디 가게로 갔다.

그녀는 파인애플 주스를 주문했고, 나는 밀크 캔디 안에 커다란 딸기가 잔뜩 든 아이스캔디를 주문했다.

"맛있는데!"

"입안에서 살살 녹아~."

각별히 맛있었다.

우리는 계속해서 산책했다.

처음 눈에 띈 것은 골동품이나 오래된 도구가 진열된 신기한 잡화점이었다.

태엽 등의 부품이 빼곡하게 늘어서 있는가 싶더니만, 지구본이나 별자리표 같은 것도 놓여 있었다. 유키는 비일상적이면서도 과학적인 공간으로 망설임 없이 걸음을 옮겼고, 도중에 뒤돌아 나를 보고는 "예쁘네."라고 말했다.

그 후에는 화랑을 보러 가거나, 어딘가 그리운 분위기가 감도는 전통 디저트 가게를 찾아가는 등 느긋하게 걸으며 개성적인 가게를 만끽했다.

그녀는 교토 안에 있는 교토답지 않은 것을 무척 좋아하는 것처럼 보였다.

"교토는 참 신기해."

벚꽃이 흩날리는 길로 돌아왔을 때, 그녀가 말했다.

"매력적이고, 사랑스러워서. 계속 이곳에 있고 싶어져."

그녀의 목소리는 어딘가 쓸쓸하게 들렸다.

"앞으로 어느 정도 남았지?"

나는 그렇게 물었다.

나도 그녀도 이 마을에 있을 수 있는 건 한정된 기간뿐이었으니까.

"앞으로 반 정도이려나……."

하늘하늘 떨어지는 벚꽃을 보며 그녀가 말했다.

그녀와 만나고 나서 열흘 정도가 지났다.

그녀가 이 마을에 있을 수 있는 건 앞으로 열흘이라는 말이리라.

열흘이 더 지나면 분명 벚꽃도 지고 만다. 나와 그녀의 봄이 끝나고, 또 혼자서 지내는 계절이 온다.

영원히 계속될 것으로 생각했던 나날에 끝이 보이자, 곧장 쓸쓸한 기분이 들었다.

봄에 이어진 실이 서로 엉키고, 여름에 풀려 간다. 그런 관계는 싫었다.

"또 만날 수 있을까?"

나는 그렇게 말했다.

"봄이 끝나도……."

나는 봄에도, 여름에도, 가을에도, 그리고 겨울에도 너를 만나고 싶다.

너와 이어진 이 실을 풀고 싶지 않았다.

"그건…….."

차콜 브라운 색깔로 물든 머리카락이 봄바람에 흔들리고 있었다.

눈동자가 휘둥그레져 놀람을 감출 수 없는 듯한 표정이었다.

그녀의 시선이 내게 향했고, 침묵의 시간이 흘렀다.

벚꽃이 그녀를 아련하게 물들인다. 나는 망설임 없이 말했다.

"너를, 좋아하게 됐어."

나는 앞으로도 그녀와 계속 함께 있고 싶다.

"나랑, 사귀어 줘—."

나와 그녀 사이에서 영원히 이어지는 특별한 실을 갖고 싶었다.

제5장

"여어, 타카야!"

"뭐야, 이거……?"

귀가한 나를 기다리고 있었던 건 친구인 요시키였다.

"어째서 네가 여기에 있는 건데?"

파란색과 검은색이 어우러진 깅엄체크 무늬 플란넬 셔츠에 청바지 차림. 머리카락은 밝은 갈색에 아무렇게나 손질되어 있다. 턱 라인은 날렵하게 쭉 빠졌지만, 눈동자는 나와 비교하면 커다랗다.

그러고 보니, 마지막으로 봤을 때는 철야를 끝내고 피폐해진 모습이었다.

리포트 제출도 무사히 끝난 것이리라.

개운한 표정을 짓고 있는 요시키는 치에코 이모네 집의 식사 테이블에 앉아 나를 올려다보며 씩 웃었다.

잘 보니, 손에는 머그잔을 들고 있었다.

그러고 보니 조금 전부터 푸근한 다시마차 냄새가 난다.

"이모님께서 내어 주시는 매실 다시마차, 최고구만."

"그러니까 요시키. 너 여기서 뭐 하는 거냐고?!"

나는 느긋하게 차를 홀짝이는 요시키에게 무심코 나답지 않게 큰소리를 내고 말았다.

"교토 여행 와 봤다."

"뭐?"

"타카야, 벌써 잊었냐? 내 리포트 제출이 끝나면 마시러 가자고 약속했잖아? 그런데 네 멋대로 교토를 가버리고 말이야. 어쩌다 타카야 너희 아주머니랑 만나서 '키쿠야'에서 아르바이트 시작했다는 걸 들었거든. 나도 한가하니까, 놀러 가야겠다 싶어서 와버린 거지."

마지막에 혀를 빼꼼 내밀고 말하는 요시키를 노려봤다.

"뭐야, 그 눈은. 타카야 너 너무 냉담한 거 아니냐?"

"요시키, 네가 해도 귀엽지 않다고."

"그럼 누가 하면 귀엽다는 건데. 타카야 네가 해보지 그래? ……아니, 보고 싶지는 않다. 남자 냄새 풀풀 나는 네가 하면 더더욱."

"시끄러워."

요시키의 말을 가로막고 핀잔을 줬다. 그런 대화를 하고 있자, 포렴을 젖히고 치에코 이모가 다가왔다. 접시 위에 다양한 화과자가 놓여 있다.

"요시키 학생, 괜찮으면 이 화과자도 먹어 보렴."

"네?! 그래도 되나요! 저 배가 엄청 고팠었습니다!"

"치에코 이모, 죄송해요. 이건 제 방에서 먹게 할게요."

"그래? 그러면 갖고 가든지. 맞다, 오늘 요시키 학생도 묵고 갈 거지?"

"네?"

내가 고개를 갸웃하는 것과 동시에, "신세지겠습니다." 라며 요시키가 머리를 숙였다.

"그럴 줄 알고, 타카야 방에 이불 하나 더 깔아놨지."

"감사합니다."

"친구가 와 주니까 기쁘네. 편히 있다 가렴."

갑작스러운 이야기에 내가 곤혹스러워하자, 요시키가 "요 근처에 방을 못 잡아서. 미안."이라며 귀엣말을 했다.

어쩔 수 없나…….

"죄송해요, 이모. 요시키도 신세를 지겠습니다."

나도 이모에게 머리를 숙였다.

내가 빌린 방은 2층 남쪽에 있는 밝은 나뭇결무늬 다다미가 깔린 방이었다.

방 한구석에 작은 책상이 있고, 평소에는 한 장밖에 깔려 있지 않은 이불이 오늘은 두 장 깔려 있다.

"어쩐지 료칸 같군."

요시키는 여러 번 빨아 색이 바래진 이불로 다이빙했고, 나는 그런 녀석을 보며 수학여행 같다는 생각을 했다.

새하얀 베개에 몇 초 얼굴을 파묻고 난 뒤, 요시키가 눈만 이쪽을 향한 채 말했다.

"야, 방금 생각했는데. 타카야 너 살찐 거 아니냐?"

"뭐? 무슨 소리야."

"아니, 너 분명 살쪘어. 봄방학 전에는 조금 더 말랐었는데. 아니, 야위어 있었다고 해야 하나. 낯빛이 안 좋은 날도 있었으니까 걱정했는데, 건강해 보여서 안심했다."

"이모부의 화과자가 맛있어서 말이지."

"좋은 곳에 알바 하러 왔네."

그렇게 말하고는 하얀 이를 드러내며 씩 웃었다.

"어……."

나는 고개를 끄덕였다.

요시키는 이불 위에 자세를 바로 하고 앉았다. "뭐, 앉아 봐."라며 진지한 표정으로 말하기에, 나도 요시키 앞에 앉았다. 요시키는 이불 위는 안 되잖냐, 라고 말하면서 나를 책상 쪽으로 유도했다.

내가 책상 앞에 앉자, 요시키는 여행용 가방 쪽으로 걸어가서는, 안에서 편의점 봉투를 꺼냈다.

"그건?"

"마시자고 약속했잖아?"

"오케이."

편의점 봉투에서 나온 것은 캔맥주나 츄하이, 그리고 간단한 안주였다.

스무 살이 되고 나서부터 요시키는 술에 푹 빠져 있었다. 술을 마시면 원래부터 긍정적이었던 성격이 한층 더 포지티브하게 바뀐다. 정말로 부러울 따름이다.

"어때? 교토는?"

요시키가 푸슉, 하는 소리를 내며 캔 따개를 당기고는 말했다. 나도 레몬 사워를 마시기로 했다.

"즐거워. 다들 친절하고, 교토 억양을 들으면 마음이 푸근해지고 말이야."

"좋잖아. 그리고?"

"그리고? 뭐가 있더라? 아아, 그렇지. 이모부가 만드는 화과자가 엄청 맛있어서 말이야. 도쿄로 돌아가면 먹을 수 없게 되는 건가 하고 생각하면 벌써 쓸쓸한 생각이 들어서 견딜 수가 없어."

"쓸쓸한 건 그것뿐만이 아니잖아?"

"뭐?"

요시키는 맥주를 한입 마시더니 내게 말했다.

"귀여운 애랑 놀러 다닌다고 들었는데."

요시키는 히죽거리는 얼굴로 나를 보고 있다.

"뭐, 그렇긴 하다만."

"교토 애냐?"

"아니. 걔도 봄방학 동안에만 친척 집에 놀러 온 거야. 열흘 후에는 본가로 돌아간다고 했어."

"어디 사는 앤데?"

"……글쎄."

"나이는?"

"……몰라."

"모르는 것뿐이잖냐."

정말 그러네, 하고 새삼 생각했다. 나는 그녀에 대해 전혀 모른다. 알고 있는 건 '사쿠라 유키'라는 이름뿐이었다.

"그 애랑은 분위기 어때?"

"평범한 친구야. 그래도, 오늘…… 고백했어."

"빨라!! 정말이냐?! 빨라도 너무 빠르잖아. 너 진짜로 타카야 맞냐?!"

요시키는 마시던 캔맥주를 책상 위에 두고는, 내 이마에 손을 댔다. 열이 있는 거라고 생각한 걸까. 이 무슨 실례인지.

뭐, 요시키가 그렇게 생각하는 것도 어쩔 수 없지 싶다. 나는 돌다리 위를 두드리고 또 두드리다 너무 두드려 본 나머지 돌다리를 깨버리고 마는 성격의 소유자니까. 여자에 관해서는 특히나.

"내가 봐도 충동적인 고백이었다고는 생각해…… 하지만."

스스로도 그렇게 생각하고 있다. 나답지 않은 행동이었다고. 그때는, 마치 내가 나 자신이 아닌 것 같았다.

"하지만?"

"더는 그녀와 만날 수 없게 되는 게 싫었어."

"음……."

"그녀와 나 사이를 이어주는 특별한 무언가를 갖고 싶

었던 거야."

"그러냐……. 정말로 좋아하게 된 거군."

요시키가 미소 지었다.

"좋아하게…… 라."

어제 그녀에게 했던 말을 중얼거리자, 가슴속에 잠들어 있던 공기 방울이 하나씩 떠올랐다.

유리구슬 같은 공기 방울 표면에 비치는 것은 나를 향한 그녀의 미소. 나를 바라보는 커다란 눈동자. 남에게 상처를 주지 않는 다정한 말.

공기 방울이 터진 광경에 비치는 것은 상냥함으로 둘러싸인 그녀의, 사쿠라 유키가 서 있는 모습이었다.

"그래, 좋아해……."

나는 그녀를 떠올리면서 음미하다시피 그 말을 입에 담았다.

"교토에 오길 잘했네." 요시키는 그렇게 말했다.

나는 조용히 고개를 끄덕였다.

그러고 나서, 나는 고백한 뒤에 곧바로 대답을 받지 못했다는 사실도 털어놓았다.

'나랑 사귀어 줘.'

유키는 그 말을 듣고 놀란 표정을 지은 채 한동안 나를 보고 있을 뿐이었다.

침묵 속에서 벚꽃이 핀 좁은 길을 정처 없이 계속 걸은 지 한 시간여가 지났을 때, 그녀가 작게 말했다.

'나로…… 괜찮겠어……?'

'유키가 좋아!'

나는 황급히 대답했다.

무언의 시간 동안 유키는 어떻게 거절할지 고민하고 있는 거라고 생각했으니까, 이만큼 기쁜 대답은 없었다.

'하지만 지금의 나는…… 고양이처럼 귀여운 척하고 있는 거야.'

그녀가 쭈뼛쭈뼛 말했다.

'평소에는 고집도 부리고, 남을 내 멋대로 휘두르는 면도 크다고 생각하고…… 남의 이야기를 듣지 않을 때도 있고.'

고집을 부리는 부분은 아직 잘 모르겠지만, 가고 싶은 장소를 분명하게 말하는 점이나 때때로 이야기를 듣지 않고 넋을 잃고 풍경을 바라보는 점은 잘 알고 있다.

할 말을 확실하게 하는 그녀와 있는 시간은 즐겁고, 한가롭게 보내는 그녀 옆에 있는 시간은 무척이나 평온하고 마음이 편했다.

즐거움과 편안함이 반복되는 행복한 시간이 영원히 계속되면 좋겠다고 생각할 정도였다.

'설령 너구리처럼 귀여운 척하고 있는 거라 하더라도.'

'고양이라니까.'

지적을 받고 서로 웃는다.

'고집을 부린다고 하더라도.'

'응…….'

'이야기를 듣지 않을 때가 있더라도.'

'응…….'

'나는 네가 좋아.'

이런 식으로 누군가를 강하게 원하는 날이 내게도 올 거라고는 생각지도 않았다.

"그래서, 걔는 뭐라고 했는데?"

확인하는 것처럼 요시키가 말했다.

"네, 라더라."

나는 떠올렸다. 벚꽃 아래에서 그녀가 해준 한마디를.

'저도…… 당신에게 끌리고 있어요—.'

우리는 서로에게 조금씩 끌렸던 것이다.

"그렇다는 건, 너 이제 커플인 거냐! 자식!"

"아! 아파, 인마! 아프다고!!"

놀려대는 요시키와 아옹다옹하고 있었더니 "시끄럽다! 빨리 자!"라며 아래에서 호통 소리가 났다. 이모부다.

박력 있는 그 목소리에 어깨를 움츠린 뒤, 서로 하핫 웃으면서 이불 속으로 들어갔다.

불을 끈 뒤 요시키가 불쑥 중얼거렸다.

"내일 소개해 주라. 그 유키 씨라는 사람. 어차피 내일도 데이트지?"

"데이트인데, 무슨 말이야?"

"내일은 셋이서 데이트하자고."

절대로, 싫다.

* * *

은각사에서 철학의 길을 쭉 따라 내려 걸어간 끝에 있는 절이 그녀와의 약속 장소였다. 그 절의 이름은 '에이칸도'라고 하여, 약 3천 그루의 단풍나무가 경내에 펼쳐져 있는 것으로 유명한 절이다.

단풍이 아름다운 가을에는 혼잡하다는 에이칸도지만,

봄에는 매화와 벚꽃, 여름에는 어린 단풍잎, 겨울에는 눈 속에 서 있는 다보탑 등 사계절 각각의 아름다움을 보여 준다는 듯하다.

오늘 아침에 치에코 이모에게서 들은 이야기를 떠올리며, 총문 앞에서 기다리고 있자 등 뒤에서 소리가 났다.

"안녕."

그곳에 그녀가 있었다.

엷은 복숭앗빛 블라우스에 청바지 차림. 브이넥으로 뚫린 목 부분에 화사한 목걸이가 보였다.

언제나 어깻죽지 근처에서 흔들리는 머리카락이 뒤쪽에서 하나로 묶여 있었다.

목에는 작은 SLR 카메라를 걸치고 있다. 관광하러 갈 때, 그녀는 대체로 카메라를 들고 온다.

그녀는 어제 봤을 때보다 작아 보였다. 살이 좀 빠졌나? 그게 아니면 복장이랑 헤어스타일 때문인가?

청바지 차림의 그녀는 평소의 스커트 차림보다도 말라 보였다.

바지 차림이 체형을 더 또렷하게 드러내기 때문일지도 모르지만, 그녀의 다리는 이렇게나 가늘었구나 싶어 무척 놀랐다.

"저기…… 안녕하세요?"

그녀는 요시키에게 쭈뼛쭈뼛 말했다. 이 사람은 누굴까, 하고 얼굴에 쓰여 있다.

"이건 친구인 요시키."

"이거라고 하지 마."

"뜬금없이 교토에 관광하러 와 버렸어."

"뜬금없다고, 와 버렸다고 하지 마."

"오늘은 요시키랑 함께여도 괜찮을까?"

"물론이야!"

대화에 끼어드는 요시키의 말은 내게는 닿지 않았고, 유키의 미소만이 내 눈에 비쳤다.

"자식, 히죽거리기는."

"히죽거리기는 누가."

"처음 봤다. 타카야 너의 그런 얼굴."

내게만 들릴 정도의 목소리로 소곤소곤 이야기하는 요시키의 말에, '내 표정이 어떻길래 그러지?' 싶어서 무심코 얼굴에 힘을 넣었다.

요시키가 "뭔 표정이 오만가지로 바뀌냐."라며 폭소한 뒤, 살며시 귓가에 대고 말했다.

"귀여운 애네."

"그렇지?"

나도 그리 생각한다.

"저기, 저도 자기소개해도 될까요?"

"아, 미안. 내가 소개해 줄게. 요시키, 이쪽은 사쿠라 유키 씨. 그게 그러니까, 내……."

연인이야, 라고 말하려니 뺨이 달아올랐다.

계속 실감이 안 났지만, 유키는 어제부터 내 여자친구인 거지…….

그녀의 옆모습을 보려고 시선을 움직이자, 그녀는 여느 때와 같은 온화한 표정으로 나를 보고 있었다.

나를 바라보는 그녀의 눈동자에 심장이 두근 울린 뒤, 천천히 진정되어 갔다.

나는 언제나 그녀의 침착한 이 표정을 보면 평상심을 되찾을 수 있었다.

"내 여자친구."

분명하게 말했다.

"뭐야, 젠장. 이 기만자 자식."

나는 상쾌한 기분이었지만 요시키는 부루퉁해져 있었다.

"어제 들었으면서 뭘 그래."

"그렇게 당당하게 말하지 말라고."

직접 듣는 건 조금 아니꼬웠던 걸까.

아옹다옹하는 우리를 본 유키는 "사이가 좋네."라며 한 차례 웃은 뒤, "슬슬 갈까요?"라며 에이칸도 안쪽을 가리켰다.

우리는 총문을 지나 에이칸도 안으로 들어갔다.

에이칸도 안은 여하간 넓었다. 총문에서는 상상도 할 수 없을 정도로 길이가 길었다.

정원과 앞뜰에 핀 꽃, 그리고 나무들이 우리를 환영하는 것처럼 이쪽으로 잎을 떨어뜨리고 있다.

"가을이었다면 더 아름다웠을까?"

3천 그루의 단풍나무가 가을의 색깔로 물든다. 서로 겹쳐진 잎들이 노래지고, 붉은색으로 변하면서 때로는 오렌지색으로 비치는 광경은 상상을 뛰어넘을 정도로 아름다우리라.

"봄과는 또 다른 아름다움이 있겠지."

나는 그렇게 대답했다.

가을에도 또 보러 오자, 라며 나는 속삭이듯이 말했다. 그녀는 미소로 답해 주었다.

분명 그녀는 봄에 보여주는 상냥한 미소를 가을철의 내게도 보여줄 것이다.

그렇게 생각하는 것만으로도 가슴 안쪽이 꾹 옥죄어 든다.

미래를 향해 약속할 수 있는 특별한 사람. 그것이 연인이자, 유키인 것이다.

"빨리 가자고."

요시키의 말에 제정신으로 돌아왔다.

그녀와 보내는 시간은 평온해서 어느샌가 시간이 지나 있는 경우가 많았기 때문이다.

우리 세 사람은 경내로 들어갔다. 나뭇결의 차가운 느낌이 발바닥에 전해져 와서,

"차갑지 않아?"

"괜찮아."

"그럼 다행이네."

그런 대화를 주고받으며, 나무로 된 긴 복도를 걸었다.

이 건물은 헤이안 시대[1] 초기에 세워진 것이라고 들었다. 헤이안 시대에 만들어진 건물 안을, 헤이세이[2] 때 태어난 우리가 걷고 있다.

신기한 감각이었다. 동시에 우리를 둘러싼 공기가 변했다고도 느꼈다.

1. 794년~1185년

2. 1989년~2018년

산을 등진 고요한 장소는 무언가의 보호를 받는 듯한 불가사의한 힘이 느껴지는 장소이기도 했다.

"어쩐지 긴장되네."

"응, 알 것 같아."

그것이 분명 공기의 무게가 되어 사람들에게 전해지는 것이 아닐까 싶었다.

용이 하늘로 오르는 것처럼도 보이는, 높게 뻗어 가는 나무 계단을 올라 통로를 건너갔다.

우리는 건물의 가장 안쪽까지 걸어갔다. 열려 있는 문을 발견하여 이끌리는 것처럼 그곳으로 들어가자, 실내는 바깥보다도 훨씬 어두컴컴했다. 우리는 그 건물의 오른쪽 깊숙한 곳까지 걸었다.

그 장소에 무언가 있다는 걸 알아차렸을 때, 누군가가 나를 바라보고 있었다.

그건 불상이었다.

왼쪽으로 고개를 돌린 불상이 우리를 바라보고 있었다.

이목구비가 부드러운 여성의 불상이다.

유려한 곡선을 그리는 몸에서 느껴지는 부드러움도, 뒤돌아보는 것처럼 우리를 바라보는 모습도, 모든 것이 상냥함으로 에워싸여 있다.

불상을 눈앞에 두자 더욱 고요해졌다.

옆에 있는 그녀와 요시키도 같은 마음이었을 것이다.

세 사람 모두 말을 잃고, 온화한 표정으로 이쪽을 돌아보는 불상을 넋을 잃고 바라보고 있다.

정면을 바라보지 않는 불상을 본 것은 이게 처음이었다.

"먼저 나가 있는다."

작은 목소리로 그렇게 말하고는 가장 먼저 그 자리를 떠난 건 요시키였다.

그녀는 아직 움직일 수 없는 모양이었다.

나는 그녀의 심정을 알 수 있을 것 같은 느낌이 들었다.

그 불상에 무언가를 느끼고 있는 것이다.

나는 불상에 대한 설명문이 가까이 있다는 걸 알아차리고, 그것을 내려다보았다. 그곳에는 이런 내용이 적혀 있었다.

· 자기보다 늦는 자들을 기다리는 자세
· 자기 자신의 그릇을 되돌아보는 자세
· 사랑이나 자비를 베푸는 자세
· 배려 깊게 주위를 바라보는 자세
· 지도자가 중생과 함께 올바르게 앞으로 나아가기 위

해 주위를 살피고자 돌아보는 자세

이 불상은 수많은 사람들의 마음을 정면으로 받아들이고서도, 여전히 앞을 향하지 못한 사람들을 걱정해 옆을 돌아보지 않을 수 없어 그런 자세를 하고 있는 것이었다.

설명을 읽고, 그 자세를 다시 한번 보자 뱃속에서 뜨거운 것이 북받쳐 올랐다.

그 열은 몸을 꿰뚫고 나가, 눈물샘을 약하게 만들었다.

옥죄는 듯한 마음에 휩싸여 불상에서 시선을 돌릴 수 없었다.

"이 불상은, 아무도…… 두고 가지 않는구나……."

옆에 있는 그녀가 떨리는 목소리로 말했다.

옆을 보니 커다란 눈동자가 눈물로 젖어 있다.

현재를 살고 있는 그녀의 아름다운 눈물에 젖어, 불상은 더욱 아름다워지리라.

"상냥한 부처님이네……."

나는 고개를 끄덕였다. 그리고, 그 모습은 그녀 같다고도 생각했다.

내 고뇌도, 자신의 고민과 같다며 받아들여준 그녀.

내 아픔을 이해해주려 한 사람은 여태껏 살아온 평생 그녀뿐이었다.

유키의 마음은 분명히 이 불상과 같을 것이다. 광채가 강해진다.

그녀가 눈을 깜박이자, 반짝이는 물방울이 어렴풋이 보였다.

"유키?"

내 목소리에 정신을 차린 그녀는 자신의 뺨에 손을 대더니 놀란 것처럼 눈물을 닦았다.

"괜찮아?"

살며시 묻자, 고개를 딱 한 번 아래로 떨궜다.

"미안…… 조금 감동해서."

그녀는 그렇게 말하고는 헤헤, 하고 웃었다.

나는 눈물을 닦은 그녀와 함께 밖으로 나갔다.

경내로 나오자 화음을 탄 아이들의 신나고 활기찬 노랫소리가 들려온다. 또렷하게 들려오는 그 목소리에, 근처에 유치원이라도 있는 걸까 싶어 무심코 그 자리에 멈춰 섰다.

절 주위는 삼림으로 둘러싸여 있어, 밖을 볼 수는 없다.

속세와는 격리된 공간 속에 날아 들어온 하계의 노랫소

리일 것이다.

"타카야, 저건 유치원일까?"

"설마."

그렇게 말하며 눈길을 향했다.

유키가 가리킨 곳에는 정말로 유치원이 있었다.

"나는 절 안에 유치원이 있는 건 처음 보는데, 유키가 사는 동네에서는 평범한 거야?"

"아니. 잘 모르겠어. 내가 사는 곳은 시골이라 유치원 자체가 적지만 말이야. 아."

그녀는 이야기하던 도중에 말문이 막혔고, 눈동자가 휘둥그레졌다.

그녀의 눈에 비친 건 유치원생들이었다.

세 살 정도일까. 반듯하게 두 줄로 정렬하여 옆에 있는 아이와 손을 잡고는 정문에서 나왔다.

"산책이라도 하러 가는 걸까?"

유키가 주위보다 높은 장소에서 유치원생들을 내려다보며 말했다.

어린애를 좋아하는 건가?

유키는 무척이나 상냥한 표정으로 아이들을 보고 있다.

"저 애, 닮았어……."

나직하게 새어 나온 목소리에 나는 "누구랑?"이라고 되물었다.

"저기 맨 앞 오른쪽에 있는 남자애…… 타카야랑 닮았어."

"농담이지? 난 저렇게 안 귀여워."

그 아이를 말끄러미 바라봤다.

"타카야가 어릴 적에는 분명 귀여웠을 거야."

먼 옛날을 회상하는 것처럼 그녀가 말했다.

그녀가 가리키는 남자애는 날렵하고 긴 눈에 볼록하게 부풀어 오른 볼, 부드러워 보이면서도 얇은 입술을 지니고 있었다. 색소가 옅은 갈색 머리카락이 사르륵 흘러내리고 있다. 피부는 하얗고, 몸집은 작아서 지금의 나와는 도저히 닮지 않았다.

"콧대라든가, 눈 모양 같은 게 닮은 것 같은데."

그렇게 말하고는 확인하는 것처럼 내 얼굴을 살펴보는 그녀.

가까운 거리에서 눈이 마주쳐 심장이 뛰었다.

나는 새빨개진 얼굴이 정면에서 보이지 않도록 시선을 돌려 그 남자애를 봤다.

정말이네…… 라는 생각이 들었다.

잘 보니 저 남자애는 어릴 적의 나와 약간 닮아 있었다.

어릴 적의 나는 몸집이 작고 피부가 하얘서, 여자애처럼 귀엽다는 말을 듣는 경우가 많았다.

지금 체형에서는 상상이 되지 않는 모양이라 어릴 적 사진을 보면 누구나가 놀라지만, 얼굴을 구성하는 부분 하나하나는 지금이나 옛날이나 그렇게 큰 변화는 없다.

저 남자애도 작은 몸집이지만 날렵하고 긴 눈에 오뚝한 콧대를 지니고 있다.

볼록 부풀어 오른 볼도, 붉은 입술도 시간이 데리고 떠나가, 성장함에 따라 '남자'로 변해 가리라.

내 옆모습을 말똥말똥 바라보던 그녀가 유치원생 쪽으로 시선을 되돌렸다.

"벌써 가버렸나."

어린애들은 이미 걸어가기 시작해서, 선두를 걷는 그 남자애의 얼굴을 한 번 더 확인할 수는 없었던 모양이다.

"저 애, 장래에 멋있어지겠네."

"뭐?! 어……으응?!"

그녀가 한 말의 의미가 몇 초가 걸려서야 겨우 이해되어, 나는 나답지 않은 반응을 취했다.

"아니, 저기, 아하하."

"너희들 말이야."

뭐라 말해야 좋을지 알 수 없어 웃음으로 얼버무리는 내 등 뒤로 목소리가 났다.

요시키였다. 미안. 존재를 완전히 깜박하고 있었어.

뭔가 비꼬려는 거겠지, 하고 각오했다.

요시키는 어이가 없다는 듯이 한숨을 내쉰 뒤,

"……잘 어울리네."

나직이 중얼거렸다.

그리고 내 옆에 나란히 서서 어깨를 끌어안고는, 살며시 말했다.

"몇 년이나 사귄 연인 사이처럼 보인다 야."

놀라서 요시키를 봤다.

너무 가까워서 바로 떨어지고 싶었지만, 요시키는 놓아주지 않았다.

"실은 타카야 네 일이니까, 엄청 서투르게 사귀고 있는 것 아닐까 하고 걱정했었는데. 안심했어."

"……고맙다."

"뭐, 바보 커플이라는 점은 분명하지만 말이야."

쓸데없는 한 마디라는 건 이런 것이다.

"젠장! 나도 도쿄 돌아가면 여자친구 만들겠어!"

하늘에 대고 내지르는 요시키의 큰 목소리를 들으며, 에이칸도 산책을 끝낸 우리는 총문까지 걸어왔다.

그곳에는 총문을 배경으로 사진을 찍는 남녀가 있다.

사진에 찍히지 않도록 조심해서 걷고 있었는데, 나와 유키 뒤를 걷던 요시키가 말했다.

"너희 둘도 찍어 줄게."

"그러면, 셋이서 찍자!"

재빨리 그렇게 말한 그녀는 조금 전의 여성에게 자신의 카메라를 건네고는, 나와 요시키 사이에 끼어들었다. 나와 유키와 요시키가 총문을 등지고 나란히 섰다.

"자, 치즈."

뛰어가서 찍은 사진을 화면 너머로 확인했다. 상쾌한 미소를 지으며 웃는 세 사람이 있었다.

"어쩐지 소꿉친구 같네."

카메라 화면을 보면서 유키가 말했다.

"나랑 유키가, 말이지?"

농담하는 요시키의 엉덩이를 걷어찼다.

"아! 너 인마!"

"네가 헛소리하니까 그렇지."

"다들, 싸우면 안 돼요."

우리는 고작 하루 만에 유키가 말하는 그런 관계가 될 수 있었던 걸까.

"소꿉친구라……."

요시키와 장난을 주고받으며 조금 전에 본 사진을 떠올렸다.

좋아하는 사람들에게 둘러싸인, 무척 마음에 드는 사진이었다. 어른이 된 내가 벚꽃을 배경으로 이만한 미소를 지은 채 찍힌 사진은 여태껏 없었다.

소중히 여겨야겠다는 생각이 들었다.

이 사진도, 이 시간도, 요시키도, 유키도…….

"뭘 멍하게 있냐. 먼저 간다."

"아프다고, 요시키! 너 지금 진심으로 찼지?!"

"전직 축구부원 얕보지 말라고!"

에이칸도를 참배한 뒤, 우리는 카레 우동으로 유명한 우동 가게로 갔다.

나, 요시키, 그 옆에 유키가 나란히 카운터에 앉았다. 납득이 가지 않는 순서였지만, 내가 극렬 매운맛 카레 우동에 고생하느라 땀을 뻘뻘 흘리는 사이에, 매운 것을 잘 먹는 두 사람은 이야기꽃을 피우고 있었다.

"유키 씨의 취미는 뭐야?"

갑작스럽게 요시키가 물었다.

"계속 좋아한 건 사진이려나."

그녀는 그렇게 말했다.

그러고 보니, 헤이안 신궁에서 처음 만났을 때도 그녀는 이 소형 SLR 카메라를 들고 있었다. 시죠카와라거리로 나갔을 때도, 클래식한 카페 사진을 찍고 있었지.

"찍는 걸 좋아해? 아니면 찍히는 걸 좋아해?"

"으음~. 굳이 말하자면 찍는 쪽이려나. 찍히는 쪽은 쑥스럽잖아. 가장 좋아하는 건 찍은 사진을 바라보는 것. 아름다운 경치나 풍경, 관계성 같은 건 사진으로 찍어 남겨두고 싶어져."

과연, 하고 나는 떠올렸다.

내가 언제나 보고 있던 것은 카메라를 거머쥐고 아름다운 경치를 찍는 그녀의 모습이었다.

다음에는 그런 그녀의 모습을 사진으로 남겨두자고 생각했다. 아름다운 경치에 감동하며, 경치를 사진 속에 담아 간다. 나는 그 모습이 얼마나 아름다운지 본인에게 전하고 싶어졌다.

카레 우동을 다 먹은 우리는 근처에 있는 난젠지로 걸음을 옮겼다.

그 후에는 요시키가 가고 싶다고 했던 오카자키로 향해 하루를 끝내고, 밤에는 치에코 이모 댁으로 돌아왔다.

요시키는 "행복해 보여서 다행이다."라며 내 등을 필요 이상으로 세게 두드린 뒤, "선물 기대하면서 기다리고 있는다."라고 말했다.

분명 요시키는 나를 걱정하여 교토로 와준 것이리라. 친구의 다정함에 마음이 아련하게 따뜻해졌다.

나는 요시키에게 고맙다고 마음속으로 중얼거렸다.

* * *

그녀와 내가 교토를 떠날 때까지 가능하다면 매일 만나고 싶다는 말을 꺼낸 것은 언제였을까.

벚꽃이 떨어지는 수로변을 걷고 있었을 때일지도 모르고, 두 번째 복고풍 카페 순회를 했을 때일지도 모른다.

"매일 만나고 싶은데…… 그렇게 생각하는 건 나뿐일까? 내 어리광일까?"

소극적이긴 해도, 자신의 의사를 분명하게 전하는 건 언제나 그녀 쪽이었다.

'아니, 나도 만나고 싶어.'

그렇게 말할 수 있다면 좋을 텐데, "유키뿐만은…… 아니라고 생각해."라고 에둘러 표현하고 만다.

서툴고, 사랑에 익숙하지 않았다.

하지만 그녀는 웃으며 "타카야답네."라는 말로 받아들여 주었다.

처음으로 사랑을 알게 됐다. 자기 자신보다도 소중한 사람이 생겼다.

느긋하게 시간이 흘러가는 이 마을에서, 나는 네게 사랑을 하고 있었다.

쉬는 날에는 아침부터 밤까지 함께 지내고, 아르바이트가 있는 날에는 끝난 뒤에 만났다.

오늘은 아르바이트가 있는 날이었다. 폐점 준비를 위해 포렴을 정리하려고 바깥으로 나가자, 노을빛을 띤 저물녘의 구름이 흘러가는 수로변에 사랑하는 사람이 서 있었다.

아르바이트가 끝날 때, 그녀가 '키쿠야'로 와준 것이다.

나는 오른손에 포렴을 들고, 왼손으로는 그녀의 손을 잡으며 가게 안으로 돌아갔다.

"어머? 유키? 화과자 사러 와 준 거니? 미안하네. 오늘은 이제 전부 다 팔려서 말이야."

손님은 이제 없었다. 그녀가 마지막 손님이라고 착각한 치에코 이모에게 나는 말했다.

"아니에요, 치에코 이모. 오늘은 소개를 하고 싶어서요."

어째서 이런 식으로 생각한 걸까. 나는 친구인 유키가 아니라, 연인이 된 유키를 치에코 이모에게 소개하고 싶다고 생각했다.

그런 내 마음을 모르고 따라온 유키는 살짝 표정이 굳어졌고, 의아하다는 듯이 나를 올려다봤다.

"유키 아니니? 알고 있어."

"네. 우리 지금 사귀고 있어요."

"정말로?!"

이모는 곧바로 네 엄마한테 연락해야겠네! 라며 흥분하셨다. 나는 어머니에게는 말하지 말아주었으면 좋겠다고 말했다.

"어머니에게는 돌아가서 제가 직접 이야기할게요."라고.

다만, 지금뿐인 이 특별한 봄을 준 치에코 이모에게는

전하고 싶어졌다.

결혼식에서 승인을 해주는 목사처럼, 우리가 사귄다는 걸 인정해 주는 사람을 원하게 된 걸지도 모른다.

"잘 어울리네."

치에코 이모는 싱글벙글한 표정으로 말했다. 지금까지 본 것 중에서 가장 따뜻한 미소였다.

"오늘은 어디 가니?"

"아뇨. 아직 아무 데도 생각하지 않았어요."

이 근처의 관광지는 꽤 돌아본 것 같다. 새로운 가게라도 찾을까. 그녀와 함께라면 어딜 가든, 무엇을 하든 즐거울 테니까.

"지금부터 밤까지라면, 눈 깜짝할 새 아니야?"

아르바이트가 끝난 건 저녁 6시였다. 유키는 여자니까 너무 늦게까지는 데리고 돌아다닐 수 없다.

"그러면 오늘은 네 이모부는 재료 사러 가서 없고, 나도 지금 이웃이랑 밥 먹으러 가니까. 괜찮으면 우리 집에서 편히 있다 가거라."

누구에게나 평등하게 흐를 터인 시간은, 사랑을 하게 되는 순간 길어지거나 짧아지기도 한다.

나는 "고맙습니다."라고 했다. 옆에 있는 유키도 조용히 고개를 숙이고 있었다.

약한 가로등 불빛이 손을 잡은 두 사람을 비추고 있었다.

봄날의 밤은 그 색깔도, 불어 지나가는 바람의 감촉도 부드럽게 느껴진다.

아무도 없는 조용한 수로변의 벚꽃길에서, 나는 문득 위를 올려다봤다. 하늘에는 별이 가득히 반짝이고 있다. 산에서 뻗어오는 밤의 기운을 벚꽃들이 빨아들이고 있었다.

나는 "유키, 오늘은 뭐 하고 있었어?"라고 물어봤다.

아르바이트 중에도 줄곧 머릿속 한구석 어딘가에서 그녀를 생각하고 있었다.

"으음, 여기에 오기 전까지는 청소를 하고, 빨래하고……."

"아아, 친척 집 가사를 도와주고 있었다는 거야?"

"마, 맞아."

"그렇구나. 유키는 평소에 뭘 하더라?"

그러고 보니 그녀가 뭘 하는지 듣지 못했다.

나와 같은 대학생일까?

아니면 벌써 일하고 있나?

"나는 이제 학생은 아니야. 타카야는 지금 대학생이지?"

생각났다는 듯이 그녀가 빠른 어조로 말했다. 나는 눈길을 맞추고 "맞아."라고 대답했다.

"어떤 공부를 하고 있어?"

흥미진진하다는 눈이었다. 그녀는 무색투명한 유리구슬 같은 눈으로 나를 올려다본다.

그녀에 대해서도 신경 쓰이지만, 먼저 자신에 관한 이야기를 하자고 생각했다.

"학부는 교육학부. 학과는 초등교육학과야."

나는 캠퍼스를 떠올리면서 말했다.

요시키도, 그리고 세리자와도 전부 같은 학부의 동료다.

"초등교육이라는 건, 초등학교 선생님이 되는 거야?"

"그럴 생각이야."

달밤에 핀 밤 벚꽃 아래에서 그런 짧은 대화를 주고받으며 걸었다.

"잘 어울리네, 무척."

자신의 꿈이나 희망을 이야기하는 건 조금 쑥스러웠다. 하지만 그녀는 내 쑥스러움도 전부 받아들여주었다.

나를 바라보는 그 온화한 표정을 보면, 어째서인지 신기한 기분이 든다.

아무한테도 이야기하지 않았던 것까지 말해버리고 싶어진다.

"솔직히…… 될 수 있을까, 하고 때때로 고민해."

"응?"

"내가…… 선생님이라니……."

장래의 꿈을. 그렇게 생각했을 때, 떠올린 것은 초등학생일 때의 나였다.

품고 있는 고민을 누구에게도 말하지 못하고, 혼자서 무릎을 끌어안은 채 웅크리고 있다. 해결 방법도, 나아가는 방법도 알 수 없다.

하지만 조금 어른이 된 나는 그 무렵의 '나'를 구하고 싶어졌다.

초등학생인 그 무렵의 나, 나와 같은 괴로움을 안고 있는 아이들의 곁으로 달려가, 어깨를 끌어안아 줄 수 있는 사람—.

그런 생각이 들었을 때, 나는 '선생님'이 되고 싶어졌다.

나는 스스로의 힘으로는 해결할 수 없는 슬픔을 안은 채 우는 나 같은 아이들을 이 이상 늘리고 싶지 않았다.

"어릴 적의 나처럼 괴로움을 안고 있는 아이들의 편에 서줄 수 있는 어른이 되고 싶었어."

"그래서 초등학교 선생님이 되고 싶은 거야?"

"응. 충동적이지. 그걸 꿈이라고 생각해서, 지금은 그걸 위해 공부하고 있어. 하지만…… 나 같은 게 될 수 있을까……."

약하고 볼품없는 자신의 모습이 뚜렷하게 떠오른다.

봄이 무섭고 사람이 무서우며 여전히 부족한 것투성이라 미완성인 내가, 새하얀 아이들에게 무엇을 가르쳐줄 수 있을까. 나 같은 게 그들의 '선생님'이 되어도 괜찮을 걸까.

"나 같은 거라니, 그런 말 하지 마. 타카야라서…… 될 수 있다고 생각해."

"나라서……?"

"슬픔을 알고 있는 사람은, 같은 슬픔을 가진 사람의 아픔을 이해해 줄 수 있다고 생각해……. 슬픔이나 연약함을 알고 있는 타카야는 작은 마음에 상처를 입은 아이들의 마음을 구해줄 수 있을 거라고 봐."

"……."

"자기 일처럼, 상처받으면서. 하지만 타카야라면 분명

그 아이의 슬픔을 저버리지 않아."

"……."

"아이들은 틀림없이 아픔이나 슬픔을 공감해 주는 사람을 기다리고 있을 테니까."

"……."

"그러니까 안심해. 노력해서, 좋은 선생님이 되길 바라."

자연히 손이 뻗어졌다. 그녀를 살며시 끌어안았다.

"고마워."

자그마한 그녀의 머리 위에 얼굴을 올리고, 살며시 중얼거렸다.

"벼, 별것 아니야."

그녀의 놀란 듯한 목소리와 내게 닿은 손바닥에서 느껴지는 떨림으로 동요가 전해져 온다.

자기를 끌어안을 거라고는 생각지 않았던 것이리라.

나는 몸을 떼고 팔의 힘을 풀어, 그녀의 얼굴을 들여다봤다.

얼굴은 한순간에 보이지 않게 되었다. 그녀는 손바닥을 내 쪽으로 향하고는, 손등으로 얼굴을 가리고 있었다.

"어째서?" 나는 물었다.

"새빨갈 거라고 생각하니까."

얼굴을 가리면서 그렇게 말하는 그녀는 조금 전보다도 훨씬 어리게 보였다. 무언가를 숨기고 있는 듯한 얼굴 때문일까. 너구리가 짐짓 능청맞은 것처럼, 그녀의 얼굴은 언제나 나이를 얼버무린다. 작은 어린애처럼도 보이는 그녀를 놀려주고 싶어져서,

"응. 지금 살짝 보였어."

"그러면 그 이상은 보지 마."

"괜찮아. 나도 빨개졌으니까."

그녀의 손을 치웠다. 분홍색처럼 보이기도 하고, 빨간 것처럼 보이기도 하는 그녀의 뺨을 양손으로 감싸자, 이번에는 얼굴 전체가 잘 익은 사과처럼 홍조가 들었다.

불과 2초 정도일지도 모르고, 사실은 10초 정도일지도 모르지만, 나의 체감 시간으로는 정말로 긴 시간 동안 그녀를 바라보고 있었다.

손으로 가린 빨간 얼굴. 작은 손바닥. 좁은 어깨. 사르륵 흘러내리는 머리카락. 그녀를 감싸는 수많은 벚꽃 잎들.

그녀를 둘러싼 모든 것이 사랑스럽다고 느껴지는 이 감정을 사람들은 사랑이라고 부르는 것이리라.

사랑이라 이름 붙인 감정은 줄어드는 것을 모르고, 늘어나기만 할 뿐이다.

그녀가 나를 마주 보자, 누군가가 심장을 콱 움켜쥔 듯한 느낌이 들었다. 동통이 저릿하게 온몸을 꿰뚫고 지나간다.

"정말이다. 타카야도 새빨개."

쑥스럽다는 듯이 웃은 얼굴이 귀여워서, 살짝, 그녀에게 입을 맞추었다.

* * *

목조로 된 2층짜리 단독주택이 치에코 이모네 집이다.

"실례하겠습니다."

그녀는 조심스레 그렇게 말하고는 안으로 들어왔다.

"내 방은 2층이야."

"아, 응……."

먼저 2층으로 올라가, 방에 들어가서 창문을 열었다. 나중에 들어온 그녀는 문을 탁 닫더니, "와아."하고 감탄에 찬 목소리를 냈다.

"대단하네, 여기에도 벚꽃이 있어."

치에코 이모네 집 정원에도 벚나무가 서 있었다. 그 나무는 내가 머무는 방 앞에서 커다란 꽃송이를 펼치는 것처럼 서 있다. 마침 창문 너머로 벚나무들이 잘 보였다.

이 마을은 정말로 벚꽃으로 넘쳐난다.

그녀가 창가에 가까이 다가가 벚꽃을 만졌다. 꽃 하나하나를 쓰다듬는 것처럼, 어여삐 여기는 것처럼.

그녀의 손 움직임을 가만히 바라보고 있었더니,

"맞다. 나 사진 가지고 왔어."

그녀가 이쪽으로 빙글 돌아보며 말했다. 나는 "사진?" 이라고 되물었다.

"교토에 오고 나서 몇 장인가 찍었거든."

그렇게 말하고 작은 테이블 앞에 앉아, 들고 있던 가방에서 수첩을 꺼냈다. 사진 몇 장이 끼워져 있다. 그녀는 그 사진 뭉치를 책상 위에 내놨다.

"이거, 요전에 요시키가 왔을 때 찍은 거야."

"정말이네. 잘 찍혀 있어."

유키가 제일 먼저 보여준 것은 아직 선명하게 기억하는 에이칸도 총문 앞에서 찍은 사진이었다.

나와 유키, 요시키가 에이칸도를 배경으로 제각기 다른 포즈로 사진에 찍혀 있다. 선명한 사진 속에 있는 세 사람은, 정말로—.

"소꿉친구 같은데……."

그때는 팍 와 닿지 않았지만, 이제야 알 것 같은 느낌이 든다. 꽃봉오리가 활짝 벌어지는 듯한 세 사람의 미소가 우리의 관계성을 나타내고 있는 듯했다.

다음은 말이지……, 하고 그녀는 교토에서 찍은 사진을 보여주었다.

복고풍 찻집에서 커피를 마시며 살짝 브이 사인을 하는 내 사진, 카모가와강 강변을 걷는 내 뒷모습.

"어째 내 사진뿐이지 않아?"

"안 그래. 자, 이것 봐."

벚꽃이 만개한 벚나무 가로수길 아래에서 팔을 벌리는 그녀의 사진이었다.

"이건 내가 찍었던 건가."

"기억났어?"

요전 날 복고풍 찻집 순회에 함께 어울린 뒤 시죠카와라 거리를 어슬렁어슬렁 돌아다니고 있었을 때, 그녀가 하도 나만 찍어대는 통에 그녀의 카메라를 억지로 빼앗아 찍었던 사진이다. 피사체는 당연히 남자보다 여자가 더 좋다.

귀여운 미소에 얼굴이 절로 히죽거린다. 이 사진 갖고

싶다고 하면 주려나.

다음 사진은 하얀 앞치마를 입고 아르바이트 중인 나였다.

"이거 몰래 찍은 거 아니야?"

찍힌 기억이 없다.

"에헤헤. 평소랑 다른 모습이니까 귀중하잖아. 이런 건 남겨 둬야지."

그러고 나서 그녀는 풍경 사진도 보여주었다. 은각사의 높은 지대에서 보는 교토의 거리나, 헤이안 신궁의 멋들어진 수양올벚나무 사진 등이 있었다.

우리는 교토의 추억을 곱씹으면서, 조용한 밤을 보냈다.

깨닫고 보니 그녀의 머리카락이 내 어깻죽지에 있었고, 흔들렸으며, 닿았다. 여자애 특유의 달콤한 향기가 날 덮쳤다. 어질했다.

그녀는 보던 사진을 책상에 두고, 말이 없어진 나를 봤다.

"그러고 보니 말이야, 요시키가 말했어. 얼굴이 너구리상인 애는 늙지 않는다고."

뭔가 화제를 꺼내야 한다고 생각했다.

"어?"

"그러면, 유키는 언제까지나 늙지 않는 걸까? 같이 있으면, 나만 나이를 먹고 유키만 예쁜 채일까."

"예쁘지 않아."

"그럼, 귀엽나?"

"……."

"얼굴 새빨간데."

새빨개진 그녀에게 키스했다.

조금 전에는 키스뿐이었지만, 가슴의 고동을 멈출 수 없었던 나는 그녀를 아플 정도로 끌어안고 있었다.

하지만 나는 위화감을 느끼고 말았다. 그녀의 몸은 이렇게나 가냘팠던가?

나는 그녀의 몸이 가진 곡선을 그녀의 매력 중 하나라고 생각했다.

하지만 지금 내 품 안에 있는 그녀의 몸은 너무나도 홀쭉했다.

"유키, 살 빠졌어?"

팔로 감싸 안은 채 그녀에게 말했다.

"그럴지도……. 지금 다이어트 중이니까."

"그런 거 안 해도 돼."

"여자는 사랑을 하게 되면, 더 예뻐지고 싶어지는 법이야."

그렇게 말하고는 온화한 미소를 지어 보이는 유키.

"알았어. 하지만 무리는 하지 마. 지금 그대로도 충분하니까."

"고마워."

유키는 내 가슴에 자신의 뺨을 살짝 갖다 댔다.

그렇게 안심해서 내게 어리광을 부리면, 어떻게 해야 좋을지 알 수 없게 된다. 이 손이 가야 할 곳은 허공인가, 아니면 그녀의 몸인가.

빠르다든가 늦다든가 하는 건 잘 모르겠다. 분명, 이 손을 움직이면 내 안의 브레이크를 망가뜨리게 될 것이다. 그 행위로 그녀를 상처 입히게 된다고 하더라도.

싹트는 감정은 뜨겁다. 몸 안쪽 깊은 곳에서 넘쳐 나온다. 이 가냘픈 몸을 지금 당장 내 것으로 만드는 것도 가능하다.

식은땀이 나왔다. 생각이 너무 많아서 머리가 뜨거워질 것만 같다.

그녀는 구멍이 있으면 그 장소에 쏙 웅크리고 들어가는 작은 동물처럼 보이기도 했다.

내 품 안에서 눈을 감고, 기분 좋은 듯이 숨을 내쉬고 있다.

……그만두자.

그런 생각이 들었다.

지금의 이 평온한 공간을 내 욕망으로 부서뜨리고 싶지 않다.

"유키."

"응?"

나는 내 품 안에서 눈을 감은 채 대답하는 그녀에게 말했다.

"좋아해."

놀란 듯이 고개를 드는 그녀의 얼굴은 새빨갰다.

"봄이 끝나도, 만나러 갈 테니까."

"응…… 기다리고 있을게."

그녀의 눈동자에서 눈물이 보인 것 같았다. 그녀는 분명 울보다.

미소의 갑옷을 벗은 그녀는 지금 내 앞에 있고.

내 앞에서만 솔직한 자신을 드러내 주는 것이리라.

나는 한 번 더 조용히 그녀를 끌어안았다. 그녀의 눈물을 멈출 방법과 채 말이 되지 못하는 나의 마음을 전할 방법은 이것밖에 없다고 생각했으니까.

그녀의 휴대폰 알람이 울렸다.

"바래다줄게."

"괜찮아. 오늘은 버스 타고 돌아가려고. 조금 전에 지나왔던 길에서 버스 정류장을 발견했어. 여기서라면 금방이잖아?"

"그래도 버스가 금방 올 거라는 보장은 없어."

"괜찮대도. 걱정이 많다니까."

바래다주고 싶다 = 좀 더 같이 있고 싶다는 의미임을 그녀는 알아주지 않는다.

"유키, 어디까지 가는데? 유키네 친척 집은 어디쯤이었더라?"

"……."

내 물음에 그녀는 대답하지 않는다. 그녀의 표정은 흘러내린 머리카락 탓에 잘 보이지 않았다.

그 정도로 걱정을 끼치고 싶지 않은 걸까? 조금쯤은 어리광을 부려줘도 괜찮은데.

"걱정하게 해 줘. 난 남자친구니까."

내 말에 그녀는 일어서서,

"떨어지기 힘들어지니까……."

유키의 귀 뒤가 몹시 빨갛다. 그녀는 내가 생각하는 것 이상으로 나를 좋아해 주고 있는 것이다.

"알았어. 그럼 위에서 보고 있을게. 무슨 일 있으면 바로 전화해."

"정말 걱정이 많다니까."

그녀가 웃으며 방에서 나갔다.

밤의 벚꽃 아래에서 손을 흔드는 그녀를 2층 창문에서 배웅했다. 유키는 벚나무 가로수길 쪽으로 걸어가더니, 이내 보이지 않게 되었다.

나는 마치 꿈같다……고 생각했다.

그녀와 알게 되고, 사랑에 빠지고, 마음을 전하여, 연인 사이가 되었다.

그리고 그녀에게서도 떨어지기 힘들다는 말을 듣는 날이 오게 될 줄이야…….

달밤에 비치는 벚나무를 이렇게나 사랑스럽게 여기게 될 줄이야…….

봄의 끝이 오지 않으면 좋겠다고 생각하는 날이 오게 될 줄이야…….

벚나무는 유키와 닮아 있었다.

온화하고 상냥한 분홍색. 사람들을 감싸는 듯하면서도, 언제까지나 그 장소에 머물러 있을 수는 없다. 나는 아름다움과 허망함은 종이 한 장 차이인 걸까, 하고 생각했다.

너구리 상은 늙지 않는다더라.

문득 요시키의 목소리를 떠올렸다.

그래. 그녀는 벚꽃 같은 덧없는 아름다움을 언제까지나 내게 보여줄 것이다.

시선 끝에 빨간 표지로 된 책 같은 것이 보였다.

빨간 표지……, 이건 유키가 가지고 있던 수첩이다. 조금 전에 이 수첩에 끼어있던 사진을 몇 장 끄집어내서 보여주었다.

깜박 잊고 갔구나…….

나는 한 번 더 그 사진을 보고 싶어져, 손에 쥐었다.

요시키와 세 명의 사진, 복고풍 찻집에서 남몰래 브이사인을 하는 사진. 카모가와강 사진. 벚꽃 아래에 있는 그녀. 화과자를 파는 나의 앞치마 차림 사진. 은각사에서 그녀가 찍어 준 것이라 짐작되는 높은 곳에서 본 교토 사진, 헤이안 신궁의 훌륭한 수양올벚나무 사진.

전부 다 조금 전에 봤던 것이었다. 그녀와의 추억이 이곳저곳에 넘쳐난다.

좀 더 찍어 둘 걸 그랬다. 더 많은 추억을 사진으로 남겨둘 걸 그랬다.

그렇게 생각하는 내 손 안에는 아직 몇 장의 사진이 남아 있었다.

이건 안 본 사진이네, 하고 두근거리는 마음으로 사진을 보기로 했다.

거기에는 그녀가 찍혀 있었다.

쫙 펼쳐진 색 바랜 이불. 이불에 닿는 태양 빛. 그 너머에는 신록이 싹트는 산들.

그녀는 시골에 산다고 했던가.

여긴 그녀의 본가인 걸까. 이불 앞에 서 있는 그녀는 누군가에게 말을 걸고 있는 것처럼도 보인다.

이 사진을 찍고 있는 누군가일까?

마음을 허락한 미소, 완전히 신뢰하고 있는 관계라는 건 그 사진을 보면 알 수 있었다. 조금 질투가 날 정도로 귀여운 미소였다.

두 장째 사진에는 어린아이가 찍혀 있었다.

보드랍게 부풀어 오른 빨간 입술에, 만지고 싶어지는 매끈한 뺨을 가진 아이였다.

아마 세 살 정도일 것이다. 그 아이는 무척이나 귀엽지만, 나는 알 수 있었다. 남자아이라는 것을.

이 아이도 나와 마찬가지로 자주 여자애로 착각을 받았을 게 분명하다.

그 아이의 눈은 길고 날렵했고, 어린애치고는 콧대도 오뚝했다.

술렁술렁, 하고 가슴이 두근거렸다. 나는 무언가를 느꼈다.

이 애를 알고 있는 듯한 느낌이 든다.

이 애의 사진을 본 적은 없지만, 사진 속의 이 아이는 누군가를 부르고 있는 것처럼 보였다.

활짝 열린 큰 입이 움직이는 듯한 불가사의한 감각. 하지만 목소리는 들리지 않는다.

이 애가 부르고 있는 건, 누구지?

남겨진 마지막 한 장을 봤다.

그곳에 찍힌 광경을 보고, 내 사고는 완전히 굳어 버렸다.

그것은 어딘가의 사진관에서 찍었으리라 생각되는 사진이었다.

서 있는 것은 유키와 두 장째 사진 속의 남자아이.

그 아래쪽에 의자에 앉아 있는 사람이 있다.

그 인물은—.

나는 밖으로 뛰어나갔다.

바람이 강한 밤이었다. 버스 정류장 쪽으로 달려갔지만, 그녀의 모습은 없었다. 시간표를 확인했지만, 오늘의 마지막 버스는 이미 한 시간 전에 지나간 상태였다.

그녀가 이모 집에서 나가고 나서 아직 10분도 지나지 않았다. 어쩌면 역까지 걸어갔을지도 모른다. 분명, 밤 벚꽃이라도 즐기면서.

나는 그녀가 자주 걸었던 벚나무 가로수길을 향해 달렸다.

수중에는 사진 한 장이 있다.

그걸 꽉 쥔 채, 나는 그녀를 찾아 달렸다. 쫓아갔다.

기시감이 들었다. 나는 이 벚나무 가로수길 아래에서, 봄날의 안개 속에서 작아지는 그녀의 모습을 발견했고.

쫓아가고, 따라잡아서.

'유키!'

내가 큰 목소리로 그녀를 부르면,

'왜 그래, 타카야?'

말처럼 달려오는 나를 알아차리고 돌아보는 그녀의 미소를 볼 수 있을 거라고 생각했는데…….

내 감은 들어맞았다. 그녀는 여느 때의 벚나무 가로수길에 있었다.

작게 보이는 그녀는 밤 벚꽃을 향해 손을 뻗고 있다.

봄날의 안개가 그녀의 모습을 흐릿하게 만들었다. 희미해지고, 끊어진다.

그래서 나는 그녀를 붙잡기 위해.

"유키!"

큰 목소리로 그렇게 외쳤다.

"……유, 키……?"

하지만 내 목소리는 그녀에게 닿지 않았던 모양이다.

내 목소리는 밤의 어둠 속으로 사라졌고, 그 너머로는 봄 안개가 퍼져 있을 뿐이었다.

눈앞에, 그녀는 없다.

그녀는 벚꽃에 닿은 손끝에서부터 천천히 사라졌다.

그녀가 있던 장소에는 벚꽃의 꽃잎이 하늘하늘 흩날리며 떨어졌다.

나는 가로등이 불빛을 비추는 통로에 혼자 멍하니 서 있다가, 그 자리에 무너지듯이 주저앉았다.

손안에 있는 한 장의 사진에는 유키와 작은 남자아이, 그리고 휠체어에 타고 있는 어른이 된 내가 찍혀 있었다.

제6장

안개가 낀 듯한 사고라는 것은 지금의 내 머릿속 같은 걸 말하는 것이리라.

아무것도 생각할 수 없다. 어젯밤의 일 말고는…….

"오늘은 계속 정신이 딴 데로 가 있는 것 같네? 재미없었어?"

영화관을 나오자 곧장 유키에게서 그런 말을 들었다.

"아니, 재미있었어. 엄청……."

"그러면 다행이네. 내가 고른 영화가 재미없었던 게 아닐까 하고 걱정했어."

"아니, 그렇지 않아. 좋은 영화였다고 생각해."

"어째 그 말투……."

그녀가 망설이는 듯한 표정으로 말했다.

"어? 뭔가 말했어?"

"……응. 지금 타카야가 말했잖아? 좋은 영화였다고 생각한다고. 그 말투, 어쩐지 마음이 반 정도밖에 담겨 있지 않은 것 같다 싶어서……."

마음이 반밖에 담겨 있지 않다…… 라.

확실히 그 말 대로였다.

오늘은 아침부터 데이트를 할 예정이었다.

영화관에 들어가니, 일희일우하는 그녀의 모습이 곁눈질로 보였다.

새파래졌다가 빨개졌다가, 때로는 눈물을 흘리는 모습은 귀여웠고, 그런 그녀를 계속 보고 싶다고 생각했지만, 어젯밤의 정경이 도저히 머리에서 떨어지지 않았다.

그건 선명한 영상이 되어 스크린에 비치고 있었다.

내가 보고 있던 영상은 어젯밤 벚꽃 아래에서 사라진 유키의 모습이었다.

눈앞에서 그녀가 사라졌다.

그때, 나는 내가 사라지게 만든 것이라고 생각했다.

물론 그녀를 지금까지 한 번도 싫다고 여긴 적 따위는

없었다. 어젯밤에도다. 그러니 그녀가 사라진 이유는 알 수 없었다. 하지만 이변은 무엇에든지 일어난다.

벚꽃 아래에서 무언가를 사라지게 만들 수 있는 건 나밖에 없는 것이다.

내가, 그녀를 사라지게 한 것이다—.

극한의 절망 속에서 나는 가지고 있던 사진을 주머니에 넣은 뒤, 납덩이처럼 무거운 몸을 어떻게든 움직여 그녀가 사라진 장소로 갔다.

역시 그 자리에 유키는 없었다. 큰 소리로 불러도 그녀는 나타나지 않았고, 근처를 찾아다녔지만, 그녀의 모습은 찾을 수 없었다.

그러고 나서 주변의 벚나무 주위를 찾아봤다.

얼마나 되는 벚나무를 돌아봤는지는 알 수 없었다. 하지만 결국 그녀를 찾지 못했고, 깨닫고 보니 해는 떠 있었다. 나는 한 줄기 희망을 걸고 오늘 이 약속 장소에 왔다.

거기에, 유키는 왔다.

아무 일도 없었다는 듯이, 여느 때와 같은 미소로 손을 흔들며 나를 향해 뛰어왔다.

내가 사라지게 했을 터인 그녀가—.

"다음엔 재미있는 영화로 할게."

조금 아쉽다는 듯이 앞을 걷는 그녀가 흐릿하게 보였다.

나는 또 그녀가 사라져 버릴 것 같은 느낌이 들어 가느다란 손목을 붙잡았다.

"타카야?"

나를 보는 그녀의 표정은 어제 봤던 것과는 달랐다.

그 순간, 의식이 아득해져 몸이 휘청거렸다. 발아래에서부터 폴썩 무너져 내릴 것만 같았다.

"왜 그래? 정말로 괜찮아?"

그녀는 가냘픈 몸으로 자세가 무너진 나를 지탱하려 했다. 코끝에 그녀의 샴푸 향기가 닿았다. 어제 알게 된 그녀의 향기다.

"타카야, 혹시 몸 상태 안 좋아?"

"아냐, 수면 부족일 뿐이야."

"조금 쉴 수 있는 곳으로 갈래?"

"그러자. 고마워."

그 후 우리는 카모가와강으로 향했다. 동물원 데이트 후에 갔던 곳과 같은 장소다.

강터에 앉았다. 카모가와강이 눈앞에서 유유히 흐르고 있다.

밤에 봤던 카모가와강은 달빛을 받아 다시 반사하는 수면이 아름다웠다. 낮의 카모가와강은 연인들이 모이고, 부모와 아이가 산책을 하고 있어 그 앞에는 미소가 넘치고 있었다.

활기가 있는 카모가와강은 그날 밤과 같은 강이라고는 생각되지 않았다.

곁에 있는 그녀에게서 꽃향기가 났다. 그날 밤에는 알아차리지 못했지만, 햇빛을 받아 나머지 꽃들을 있는 힘껏 피우는 벚나무가 있었다.

바람이 불어 꽃잎이 흩날린다. 벚꽃 꽃잎들이 수면에 떠서는 흘러갔다.

이 강변의 벚꽃을 보면 이제 봄도 끝나는 것임을 느끼지 않을 수 없었다.

"어제 안 잤어?"

봄의 풍경을 바라보고 있자, 그녀가 내 얼굴을 들여다보고 말했다.

수면 부족 같은 건 아무런 문제가 안 된다. 그저 잠만 자지 않은 것뿐이라면.

어젯밤에는 내 안에 있는 온 힘을 쥐어짜서 벚나무 아래에 있을 그녀를 찾아 돌아다녔다. 검은 밤이 이슥하게 다가왔다. 손발이 질척질척한 감각에 사로잡혀 있는 것만 같았다. 그래도 나는 사라진 그녀를 계속해서 찾을 수밖에 없었던 것이다.

—'언젠가, 소중한 사람을 사라지게 만드는 것 아닐까.'

나는 최악의 사태를 초래하고 말았다.

필사적으로 그녀를 찾으며, 나는 사라져 가는 그녀의 모습을 떠올리고 있었다.

유키는 비가 내리고 있는지 어떤지를 확인하는 것처럼 손바닥을 위로 향하고 벚꽃을 보고 있었다. 그리고 손톱 끝에서부터 하늘하늘 사라져 갔다.

사라져 가는 그녀의 옆모습은 무척이나 시원했다.

사라지는 것을 바라는 듯한, 너무나도 아름다운 그 옆모습을 나는 빨려 들어갈 것만 같이 바라보고 있었다.

"타카야, 정말로 괜찮아? 역시 어제 전혀 못 잔 거 아니야?"

대답을 잊은 내게 그녀가 다시 한번 물었다.

"응…… 못 잤어."

나는 솔직하게 대답했다.

"왜?"

"너를 찾고 있었거든."

전부 이야기할 수밖에 없다고 생각했다.

"……무슨 말이야?"

"이거……."

나는 한 줌의 용기와 함께 가지고 있던 붉은 수첩을 그녀 앞에 내밀었다.

"어라? 나 수첩 깜박 놔두고 갔구나. 어디 갔나 싶었어, 아."

그녀는 도중에 뭔가를 깨달은 듯했다.

빨간 수첩을 받아 들더니 그걸 숨기는 것처럼 바꿔 쥐고는, 너구리 같은 귀여운 얼굴로 에헤헤 웃었다.

그 미소에 계속 속은 상태로 있고 싶었다. 나는 너구리에게 속은 옛날이야기의 주인공이 결말을 알게 되기 전의 기분을 잘 이해할 수 있었다.

"이 안에 어제 같이 봤던 사진이 끼워져 있어서."

"……응."

"유키가 돌아간 뒤에 한 번 더 보고 있었는데. ……그중에 본 적 없는 사진이 세 장 끼워져 있더라."

"……봤어?"

그녀는 그렇게 말했다.

"응. 봤어……. 그래서, 어째서 유키가 이런 사진을 가지고 있는지 묻고 싶어서 그 뒤에 곧바로 쫓아갔어. 그랬더니 유키가…… 벚꽃 아래에서 사라졌어."

사라져 가는 그녀의 모습을 잊는다는 건 불가능했다. 그 모습은 내 머릿속에서 몇 번이나 자동으로 재생되고 있었다.

"……어째서야?"

나는 그렇게 물었다.

"내가 사라지게 만든 것 아니었어?"

나는 벚꽃 아래에서 무언가를 사라지게 만들 수 있다. 하지만 되돌리는 건 불가능하다.

그런데도 유키는 어디선가 나타났다.

아무 일도 없었다는 듯이, 여느 때와 같은 미소로.

어제 사라졌을 터인 그녀가.

태양이 구름 사이로 들어가 그녀의 얼굴에 그늘이 졌다. 푸른 하늘이 간유리 같은 구름으로 뒤덮여 잿빛 하늘로 변해 갔다. 강의 흐름이 빨라진다.

"네가…… 사라지게 만든 게 아니야……."

목소리는 무척이나 작았다. 간신히 목에서 짜낸 것처럼.

"무슨… 말이야?"

어째서인지 그녀의 말을 듣는 게 무섭다는 생각을 하고 말았다. 하지만 듣지 않으면 앞으로는 나아갈 수 없다. 나는 온몸에 힘을 주었다.

"벚꽃의 힘을 빌려서 사물을 사라지게 만드는 힘은…."

"……응."

"그 힘은, 타카야 것이 아니라……."

"……."

"내 거야……."

나는 숨도 쉬지 못하고 구멍이 뚫릴 정도로 그녀를 바라봤다.

뜻밖의 대답에 당황하여 움직일 수 없게 된 내게, 그녀는 이야기를 계속했다.

"계속, 내가 없애고 있었어."

"계속……?"

"그래. 봄이 되면 나는 과거로 가서, 네게 닥치는 불행을 전부 없애고 있었던 거야."

"……그건, 어째서지?"

눈앞에 있는 그녀는 내가 아는 유키가 아닌 것 같았다.

"지금부터 하는 이야기, 믿어주지 못할지도 모르지만, 거짓말이 아니니까……."

그녀의 얼굴에 깊은 그림자가 생겼다.

"내 이름은, 이치이 유키. 사쿠라는…… 예전 성이야."

"……이치이라니……."

"그래. 타카야의 성과 같아. 나는, 당신의 미래의 아내니까……."

귀에 휘익, 하고 외풍 같은 소리가 울렸다.

사고가 멈췄다. 그녀가 한 말의 의미를 알 수 없다.

어찌할 바를 몰라 곤혹스러워서 그저 망연자실하게 서 있는 내게, 그녀는 희미하게 미소 지었다.

그리고 나를 똑바로 보며 뒷말을 이었다.

"우리는 머잖은 미래에 만나게 되어서, 사랑에 빠지고, 결혼하게 돼. 그리고 귀여운 남자애가 태어나. 하지만 행복이 절정이었을 무렵, 당신은 원인을 알 수 없는 병에 걸렸어. 그때 당신 어머니에게서 들었어. '타카야의 수명은 10살까지였다. 그리고 그 후에도 몇 번이나 위험한 일을 겪었다'라고 말이야."

그래서 나는 벚꽃의 힘을 빌려 과거로 가서, 작은 당신을 만나러 갔어.

타카야는 기억하지 못할지도 모르지만, 당신은 정말로 갖가지 사고에 휘말렸었어. 어느 사고가 타카야의 수명을

앗아갈 사고인지 몰라서, 나는 타카야에게 닥치는 위험을 전부 날려버린 거야. 당신이 살아주길 바랐으니까. 살아서, 나랑 만나길 바랐으니까—."

흘러가는 강의 물소리가 끊임없이 들려온다. 카모가와 강에서는 물의 냄새가 났다. 다리 위에서 사람들의 대화 소리가 들려온다. 하지만 이야기하고 있는 말도, 경치도, 냄새도 전부 내가 모르는 것들뿐이다.

이 세계는 정말로 내가 있던 세계와 이어져 있는 걸까?

어쩌면 이건 환상이 아닐까?

순간 알 수 없어졌다.

이해가 불가능하면 사람의 뇌는 움직이지 않게 되는 건가.

눈앞에 있는 사랑하는 사람이 아득히 멀리 있는 느낌이다. 마치 꿈속에 있는 것만 같다.

흐릿해지는 그녀, 멀어지는 의식. 현실을 채 다 받아들이지 못하는 내 위로, 어두운 하늘에서 빗방울이 부슬부슬 떨어졌다. 심장이 꾸욱 오그라들 정도의 냉기에 감싸여 있었다.

"깜짝 놀랐네. 갑자기 내리는걸."

"근처에 아케이드가 있어서 다행이네."

지붕이 달린 인도에서는 사람들이 갑작스러운 비에서 벗어나기 위해 지붕 아래로 들어와 비를 피하고 있었다.

옆에 있는 사람을 수건으로 닦아 주거나, 어깨나 머리카락에 묻은 빗방울을 털어내면서 비가 그치기를 기다리고 있다.

다들 갑자기 내린 비에 당황하면서도, 급작스러운 해프닝을 즐기고 있는 것처럼도 보였다.

나는 사람들의 모습을 곁눈질로 힐끔 보면서, 막 파란불이 들어온 건널목을 걷기 시작했다.

"거기, 젖어요!"

뒤에서 말을 걸어 준 여성을 무시하고, 나는 지붕이 없는 길을 걸었다.

지금 그녀는 어쩌고 있을까.

갑작스러운 비와 함께 그녀는 자신이 사는 마을로 돌아갔을까.

아무 생각도 할 수 없었다.

나는 그녀 앞에서 어떤 얼굴을 해야 좋을지 알 수 없었다.

큼지막한 빗방울은 내 시야에서 그녀를 지웠다. 나는 비를 피하고자 달리는 인파에 섞여, 정신을 차리고 보니 다리 위에 있었다. 그리고 지금도 아무 생각도 하지 못한 채 비트적비트적 거리를 걷고 있다.

지붕이 끊어진 것은 한순간이었다.

길은 곧바로 백화점 앞의 아케이드에 덮여 비를 맞지는 않았다. 그래도 공기는 생각한 것 이상으로 차가웠다.

이윽고 아케이드가 끊기고, 나는 타카세가와강 강변의 벚나무 아래에 있었다.

벚꽃이 신기루처럼 흔들려 보인다.

나는 시선을 살짝 떨궈 발아래에 있는 돌멩이를 주웠다.

나는 벚꽃 아래에서 무언가를 사라지게 만들 수 있다.

그래, 이 돌멩이도.

이 돌멩이를 날 향해 던지고, 그와 동시에 강하게 '싫다'고 생각하면 이 돌멩이는 다른 벚나무로 날아가는 것이다.

줄곧 그랬다.

봄이 되면,

나는 사물을 날릴 수 있는 이 능력과 함께—.

—'봄철의 이치이는, 무서워.'

줄곧 남들의 두려움을 사 왔다.

나는 팔을 크게 휘둘러 나 자신에게 돌멩이를 던졌다.

휭, 하는 소리와 동시에,

"—크윽……."

뺨에 격통이 느껴졌다. 얼얼한 아픔이 나중에 뒤쫓아 오는 것처럼 얼굴 전체로 퍼졌다.

천천히 뺨에 손을 뻗어 보니, 손끝에 새빨간 피가 묻어 있었다.

손끝의 피를 보면서 나는 소스라치게 놀랐다.

그녀가 했던 말은 사실이었던 것이다.

지금까지 내가 믿고 있었던 힘은 내 것이 아니라, 정말로 그녀의 것이었다—.

내 고민은 그녀의 힘이고.

줄곧 살아가기 괴로웠던 봄이 전부 그녀 탓이었다니…….

충격이었다. 더는 아무것도 생각하고 싶지 않았다.

검은 안개가 나 자신을 감싸고 있는 것만 같았다.

나는 그 감정을 보고 싶지 않아서, 가둬 두고 싶어서 몸속 깊은 곳에 집어삼키는 것처럼, 남겨버리는 것처럼 눈을 감고 강하게 어금니를 악물었다.

눈을 세게 꾹 감아도, 목 안으로 억눌러도 그것은 몇 번이고 치밀어 올라왔다.

나는 휘청거리면서 타카세가와강 강변 길가에 쪼그려 앉았다.

이제부터 뭘 하면, 어디로 가면 좋을지 나는 알 수 없었다.

"왜 저런대?"

"기분이라도 안 좋은 걸까?"

간신히 근처의 벽에 손을 짚고 일어서자, 거기에 고등학생 정도 되는 여자애들이 있었다.

쪼그려 앉은 나를 걱정해 주고 있는 모양이다.

"괜찮으세요?"

나는 "네…… 괜찮습니다."라며 굳은 미소를 지어 보였다.

"다행이네요. 그럼……."

"감사합니다."

처음 보는 사람에게서 받은 상냥함을 살며시 주머니 속에 집어넣으며, 나는 그녀들이 떠나가는 모습을 지켜봤다.

그녀들의 호리호리한 어깨를 보고 내가 떠올린 것은 역시나 유키의 가냘픈 어깨였다.

이렇게나 심하게 낭패를 겪고 있는 건 전부 그녀 때문인데도, 나는 아직 다른 여자에게서 유키를 겹쳐 보고 있다.

"더는, 싫다고……!"

제어할 수 없는 감정을 주체하지 못하고, 나는 낮게 신음했다.

여전히 휘청휘청 걷고 있다.

봄날의 가랑비가 내게서 체온을 빼앗아 간다.

두들기면 깨질 것이 분명할 정도로 팽팽하게 긴장된 공기 속에서, 나는 이대로 어떻게 되든지 상관없다고 생각했다.

이번에야말로 믿을 수 있는 사람을 만났다고 생각했는데—.

그녀야말로, 라고 내 마음이 외쳤는데—.

정처 없이 강변을 걷고 있자, 어쿠스틱 기타의 음색이 들려왔다.

그에 이끌리는 것처럼 소리가 나는 쪽으로 걸어가 보니, 기타를 치는 남자 앞으로 한 명의 소녀가 나섰다.

여자애는 마이크를 들더니, 소녀에서 불가사의한 매력을 지닌 여성의 눈으로 변했다.

숨을 스읍 들이마신 뒤, 그녀는 소리를 내뱉다시피 하며 노래하기 시작했다.

투명한 느낌이 있는 그 목소리는 천사의 목소리라고나 표현해야 좋을까.

그녀의 목소리는, 그 가사는 내게 보내진 노래인 걸까 하는 생각이 들었다.

그 노래는 사랑하던 사람에게서 이별하자는 말을 듣는 내용의 노래였다.

어째서, 어째서, 라며 사랑의 행방을 찾는 가사에 눈물이 넘쳐흐를 것만 같았다.

가슴을 가득 메운 슬픔과 불안이 당해낼 수 없는 현실을 한탄하는 가사와 겹쳐져 간다.

그 노래와 함께 마음속에 그린 것은 그녀와 보낸 날들이었다.

처음 만난 헤이안 신궁에서 벚꽃을 보고 쓰러진 나를 구해준 그녀. 치에코 이모가 도착할 때까지 계속 손수건으로 내 식은땀을 닦아 준 그녀.

내 고민을 전부 자기 일처럼 받아들여 준 그녀. 이모부가 만든 화과자를 입에 물고 지어 보인 행복해 보이는 미소. 내가 날린 풍선을 살며시 받아 준 그녀.

아아. 어떤 그녀를 떠올려도 내 마음은 떨렸다.

이렇게나 좋아하게 되었는데.

그런데, 어째서—.

과거에 그녀의 힘 때문에 그런 괴로움을 맛봤다고 생각하면, 승화할 수 없는 추한 감정이 다시금 몸속 깊은 곳에서 치밀어 올랐다.

밤의 카모가와강에서 그녀에게 자신의 비밀을 털어놓았다.

그때 그녀는 아무 말도 해주지 않았다.

단지 내 이야기를 듣고 있었을 뿐이었다.

그런데도, 어째서 지금에야—…….

…………아니…… 아니다.

그녀는 내게 뭐라고 했었지?

밤의 카모가와강에서 내가 이 능력을 털어놓았을 때, 그녀는 내게,

'……미안해.'

그렇게 말했다.

당장이라도 울음을 터뜨릴 듯한, 긴장한 표정으로,

'괴로웠지…….'

라고 말했다.

아무도 해주지 않았던 말을, 그녀만이 말해 주었다.

찢어질 듯한 가슴의 이 아픔도, 절망으로 변하기 전의 한 줌의 빛에 소원을 맡기는 마음도 그녀만이 이해해 주었다.

그런가…….

그 말은 그녀이기에 할 수 있었던 말이다.

그 표정은 그녀이기에 지을 수 있었던 표정이다.

그녀도 분명 나와 같은 괴로움을 안고 살아왔다—.

이 힘 때문에 발버둥 치고 괴로워하며 살아온 것이다—.

어둠에 뒤덮여 얼어붙어 있던 확실한 사고가 천천히 움직이기 시작했고, 나는 달려서 카모가와강으로 돌아갔다.

비가 그친 카모가와강에 한 명의 여자가 서 있었다.

선명해진 시야에 비치는 것은 소리 없이 눈물을 흘리는 그녀였다.

"유키."

가까이 다가가 이름을 불렀다.

"어째서, 돌아가지 않았어?"

"……."

"돌아가면 됐을 텐데……."

비에 젖은 그녀는 고개를 도리도리 가로저으며 말했다.

"당신에게 상처를 입힌 채로는, 돌아갈 수 없어……."

"……."

"내 힘을 받아들여 준 건 미래의 당신뿐이니까. 나는 당신이 없으면, 살아갈 수 없어—."

눈앞에서 우는 유키는, 그야말로 나의 모습이다.

있는 그대로의 나를 인정해 주길 바라지만, 인정받지 못하고.

남들과 다른 것에 공포를 느끼고 사람들을 피하며 살아왔다.

그런 그녀의 고통은 내가 가장 잘 알고 있는 것 아니던가.

어째서 나는 한순간이라도 지금의 이 상황을, 유키의 마음을 이해할 수 없다고 생각한 것일까. 남의 일이라고 생각하려고 했던 걸까.

나는 계속 불가사의한 공간 속에서 살아오지 않았던가.

그녀의 힘이 만들어 내는 세계 속에서.

불가사의한 세계 속에서 필사적으로 발버둥 쳐왔다. 하지만 필사적으로 살아온 것은 분명 그녀도 마찬가지다.

괴로움을 혼자서 끌어안고, 그 후의 미래에서 같은 고통을 아는 나와 만난 것이다—.

—'타카야는 분명 자기 일처럼 상처받으면서도, 그래도 그 아이의 슬픔을 저버리지 않을 거야.'

그녀는 그렇게 말하지 않았던가.

"……같이 돌아가자."

억누르고 있던 감정이 풀어져, 왈칵 눈물을 흘리는 그녀를 살며시 끌어안으며 말했다.

"미안해……."

그녀가 그렇게 말하며 울었다.

"내 힘 때문에, 당신이 이렇게나 괴로워하고 있을 거라고는 생각지도 않았어. 그저 당신을 구하고 싶었을 뿐이야. 정말로…… 미안해."

나는 조용히 눈물을 흘리는 그녀를 묵묵히 부둥켜안았다.

그녀의 몸은 어제보다도 야윈 것처럼 느껴졌다.

* * *

도중에 있는 편의점에서 산 비닐우산을 접고 아무도 없는 집으로 들어갔다.

"괜찮을까?"

그녀는 아무도 없는 집에 들어가는 걸 걱정하고 있었다.

"괜찮아. 오늘 아침에도 치에코 이모가 말씀하셨어. 언제든지 써도 괜찮다고."

"정말…… 고마워."

"그런 것보다, 얼른 들어가야겠다."

나는 서둘러 세면실로 향했다. 그리고 하얀 수건을 한 장 가지고 돌아와 그녀의 머리에 걸쳤다. 어깨에서도 물이 뚝뚝 떨어지고 있다.

"지금 목욕물 받을게."

"이 정도쯤은 괜찮아."

"그래도……."

"타카야도 젖었는걸."

그녀가 방금 걸친 수건을 내게 건네려했기에 나는 그 손을 제지하고,

"한 장 더 갖고 올 테니까. 그건 유키가 써. 감기 걸리지 마."

"괜찮대도. 정말 걱정이 많다니까."

가슴에 후회의 감정이 솟구쳐 오른다.

내가 그녀를 이렇게나 젖게 만든 것이다.

수건을 한 장 더 가져온 뒤, 우리는 2층으로 올라갔다.

작은 책상 앞에 앉은 그녀의 어깨에 담요를 걸쳐 주고 옆에 앉았다.

"그렇게까지 해주지 않아도 되는데."라며 그녀는 웃었다. 나는 다시 한번 "미안."이라고 사과했다.

"내 잘못이야."

"아니야. 움직일 수 없었던 건 나니까."

유키는 밝은 목소리로 말했다. 그러니까 이제 신경 쓰지 마, 라고 말하고 있는 듯한 기분이었다.

"다시 와 줄 거라고는 생각지 않았어."

담요에 둘러싸인 그녀는 불쑥 말했다.

"……돌아갈 거야. 몇 번 잘못한다 할지라도, 네게 돌아갈 거야."

처음으로 만났던 건 헤이안 신궁의 수양올벚나무 앞에서였다. 쓰러지기 전에 한순간이지만 보였던 그녀의 옆모습을 나는 줄곧 잊을 수가 없었다.

나는 그녀를 사랑하게 될 운명이었던 것이다.

그건 분명 과거도, 미래도, 현재와도 상관이 없으며.

만나면 자연히 눈이 가고, 마음이 움직이며, 그리고 곁에 있고 싶어지는 것이리라.

나는 내 손바닥을 봤다. 손바닥의 4분의 1 정도에서 끊어져 있던 생명선 손금이 절반 정도까지 뻗어 있었다.

인생을 80년이라고 생각하면, 내 생명선은 10살 정도에서 끊어져 있었다. 그것이 지금은 20살 정도까지로 뻗어 있다. 10년분의 목숨이 늘어난 것이 된다.

내 생명은 그녀가 이어 준 것이었다.

"내가…… 무섭지 않아?"

떨리는 목소리로 그녀가 말했다.

그 말은 내가 그녀에게 했던 말과 같았다.

"무서울 리……."

거기까지 말하고는, 눈물이 넘칠 것 같았다.

그녀가 그런 말을 하게 만들다니.

이렇게나 슬픈 말을 나는 모른다.

"무서울 리, 없잖아."

그 말만 하고, 그녀의 머리를 끌어당겼다.

내 오른쪽 어깨에 올려진 작은 머리가 조금씩 떨렸다.

그녀가 울고 있다. 나도 바싹 달라붙다시피 머리를 붙이고 왼손을 그녀의 등 뒤로 돌려 담요 너머로 끌어안았다.

한동안 그녀를 끌어안은 채 시간만이 흘러갔다.

그녀가 울음을 멈췄을 무렵, 나는 "들려줄래?"라고 말했다.

그녀가 가진 비밀을 내게 전부 가르쳐주길 바란다.

"어디서부터 물어보면 될까?"

"전부 대답해 줄게."

"그럼, 유키의 나이는?"

"25살……."

"유키 곁에 있는 미래의 내 나이는?"

"25살이야."

나와 그녀는 같은 나이. 5년 후의 세계에서는 부부가 된다는 것인가.

"그러면 유키는 5년 후에서 왔다는 말이네?"

"응, 맞아. 지금으로부터 5년 후의 세계에서 왔어."

"어떻게 오는 거야?"

나는 그렇게 물었다.

내 힘은 벚꽃이 피는 계절에만 일어나는 특수한 능력이었다.

하지만 내 힘이라고 생각했던 능력은 사실 유키의 힘이었고.

그렇다면 그녀도 벚꽃이 피는 계절에 한정된 능력을 가진 사람이라는 말이 된다. 나는 다룰 수 없는 그 힘을 그녀는 어떻게 제어하고 있는 걸까.

"벚꽃의 꽃가루에는 신비한 물질이 포함되어 있다는 거 알고 있어?"

"아니, 몰랐어."

그런 이야기는 처음 들었다.

"그것의 이름은 에페드린이라고 해서, 기관을 확장하거나 교감신경을 자극해서 흥분을 유발하는 물질이야."

"……."

"꽃구경을 하면 기분이 무척 즐거워지거나, 여럿이서 들뜨기도 하잖아? 착실하던 사람이 갑자기 옷을 벗거나, 춤을 추기도 하지."

"응……."

"그건 에페드린의 힘이야. 물질을 느끼기 쉬운 사람과 그렇지 않은 사람이 있어. 느끼기 쉬운 사람은 자기가 아닌 듯한 행동을 취할 때도 있어. 벚꽃 속에 다량의 에페드린이 포함된 건 아니지만, 대부분의 사람이 자기도 모르는 사이에 이걸 느껴서 신비한 벚꽃의 힘에 매료되고 있는 거야."

벚꽃은 사람을 미치게 한다는 말을 들은 적이 있는데, 그건 이유가 있는 말이었던 건가.

"에페드린이라는 각성 물질에는 집중력을 높이는 효과

도 있어. 내 몸은 그 효과에 강하게 반응했어. 벚나무 아래로 가면 감각이 예민해지는 거야. 깊디깊은 집중력은 잠들어 있는 잠재의식 속으로 작은 나를 데리고 갔어. 작은 나는 잠재의식 속에서 여러 가지를 하며 놀았지. 눈앞의 돌을 날려 보거나, 손수건을 없애 보기도 했어. 현실에서는 할 수 없는 것이 내 머릿속에서는 가능했던 거야. 그리고 그런 일을 반복하고 있던 어느 날, 나는 현실 세계에서도 사물을 날려버릴 수 있게 되었어……."

"……."

"거짓말 같은 이야기지?"

그녀는 말이 나오지 않는 내게 말했다.

"하지만…… 사실인 거잖아?"

어디선가 들었던 대화였다.

"응. 사실이야. 처음에는 물체뿐이었어. 돌멩이나 연필, 지우개를 날리고, 그다음엔 남동생의 미니카를 날릴 수가 있었어. 점점 힘을 자유자재로 다룰 수 있게 되어서, 물체의 크기나 날리는 거리도 늘어나서 책가방이나 자전거 같은 것도 날릴 수 있게 됐지. 그리고 마지막에는…… 나 자신도 날려 보낼 수 있게 됐어."

"그건…… 아무런 대가도 없이?"

나는 그렇게 물었다. 특별한 능력을 이야기하는 그녀의 표정은 밝아 보이지 않았기 때문이다.

"아니." 그녀는 고개를 가로저었다.

"시공을 넘는 건 엄청난 체력을 소모하는 일이야."

지친 듯이 웃는 그녀의 뺨은 처음 만났을 무렵처럼 토실토실하지 않았다.

눈앞에 있는 그녀는 야위어 있었고, 그건 다이어트라는 말로는 수습이 되지 않을 정도였다.

'당신이 살아주길 바랐으니까. 살아서, 나랑 만나길 바랐으니까—.'

비가 그친 카모가와강 강변에서 들었던 그녀의 말을 떠올리고 있었다.

그녀가 과거의 나를 구하기 위해 자신의 목숨을 깎아 가며 시공을 넘어온 것이라고 생각하니, 눈시울이 뜨거워졌다.

"……그래도 그렇게 심각하게 받아들이지 마! 시간이 지나면 자연히 돌아가. 내가 힘을 쓰는 건 봄뿐이니까. 봄에 체력이 떨어져도, 여름, 가을, 겨울 동안에 회복하거든. 다음 봄이 올 무렵에는 난 다시 건강한 나로 돌아가 있을 거야."

그러니 걱정하지 마, 라고 그녀는 말했다.

"그렇지만, 그 힘을 너무 많이 쓰게 되면?"

만약 그녀가 가진 능력을 완전히 다 써 버려서 그 힘이 없어지고 만다면, 그녀는 어떻게 되는 걸까.

"힘이 회복되기 전에 전부 다 써 버리면……?"

그런 걱정을 할 정도로 그녀는 삐쩍 말라 있었다. 낯빛도 좋지 않아서 당장에라도 사라져 버리고 말 것만 같았다.

"그건…… 나도 잘 모르겠어."

나도 그녀도 말로 하지 않을 뿐, 어렴풋이 알아차리고 있었다. 능력을 전부 사용하면 그녀는—.

나는 가느다란 손목을 붙잡고,

"그럼 이 이상은 나를 지키기 위해서 힘을 쓰지 마. 네가 이어준 생명은 남자로서 힘을 쌓고 성장했어. 내 몸은 스스로 지킬 수 있어. 충분히 주의할 테니까. 이 이상, 너에게 부담을 지우고 싶지 않아."

"알았어. ……더는 쓰지 않을게."

"약속이다."

"응, 약속."

유키는 잠시 날 바라본 뒤, 몸을 기대 왔다.

우리는 그러는 것이 당연하다는 것처럼 입술을 포갰다.

* * *

그쳤을 터인 가랑비가 후드득후드득 내리기 시작하고 있었다.

창문에 부딪히는 빗소리가 기분 좋게 울리는 건 품 안에 있는 그녀 덕분일지도 모른다.

이불로 몸을 감싼 채 나를 보는 그녀.

이불로 가려진 얼굴이 빨갛게 물들어 귀엽다고 생각했다.

반들거리는 머리카락을 만지고, 새빨간 입술을 만지고, 부드러운 살결을 만졌다. 그녀가 나보다 다섯 살 연상이라고 생각할 수 없는 건 분명 동안 때문이리라.

한쪽 팔로 그녀를 안으면서, 창문을 두드리는 빗소리를 들었다. 그 소리는 간단한 멜로디로 들렸다.

"이 소리, 그거랑 비슷하네."

같은 생각을 한 건지, 서로 마음이 통했는지 그녀가 불쑥 말했다.

"뭐였더라, 이 빗소리. 아, 알 것 같아. 강아지 행진곡.

타카야 씨가 치고 있었어."

"미래의 나는 피아노를 칠 수 있어?"

"아니. 못 치니까 연습했었어. 아이들한테 멜로디언을 가르쳐야 해서. 얼마나 필사적이었다구. 커다란 손가락으로 필사적으로 연습하는 거, 귀여웠는데."

"아니, 다 큰 어른이 필사적으로 멜로디언이라니. 전혀 귀엽지 않다고 생각하는데. 그나저나 어째서? 멜로디언이라니."

혹시, 하고 직감이 발동했다. 5년 후의 나는—.

"맞아. 타카야 씨는 지금 초등학교 선생님이야."

"될 수 있었구나."

"물론이야. 타카야 씨는 지금 내가 사는 시골의 작은 초등학교에서 선생님을 하고 있어. 타카야 씨는 누구에게나 평등하고 다정하면서도 살짝 열혈이라 인기가 많은 선생님이야."

칭찬을 받아 기쁘지만, 어딘가 분한 마음도 든다. 나와 같은 인물일 터인데, 실감이 나지 않기 때문일까. 그녀가 다른 남자 이야기를 하고 있는 듯한 느낌도 들어서 왠지 질투가 났다.

그리고 나는 계속 마음에 걸렸던 것을 물어봤다.

"나는 '타카야'인데 미래의 나는 '타카야 씨'네."

"그런 게 마음에 걸리는구나."라며 그녀는 웃었다.

"타카야 씨는 같은 나이지만, 나보다 훨씬 어른이니까. 나는 타카야 씨에게 많은 도움을 받았고, 타카야 씨가 지켜줘서 지금 무척이나 행복해."

그녀의 눈동자가 바라보고 있는 건 지금의 나이면서도, 내가 아니다.

확실히 그녀는 미래의 나를 사랑하고 있다.

"지금의 나와는 달라?"

끈질긴 것 같지만, 물어봤다. 역시 분한 것이다.

"5년이라는 세월은 크다고 생각해."

"어떤 의미야."

진 것 같은 느낌이 들었다. 아니, 실제로 진 것이다. 미래의 나에게. 냉정하게 생각하면 그건 기쁜 일일 것이다. 하지만 역시나 분하다.

그녀를 막 간질였다. 그녀가 꺄아, 하고 소리를 내며 웃었다.

귀여워서 어쩔 줄 모르겠다. 간질이다가 튀어나온 그녀의 매끈한 다리를 이불 속으로 넣고, 얼굴을 맞대며 웃었다.

점점 그녀가 좋아진다.

그녀가 웃는 방식, 삐치는 방식, 목소리를 내는 방식, 내게 닿는 손을 움직이는 방식. 전부를 보고 있고 싶어진다. 더욱 그녀를 알고 싶어진다.

진심으로 행복하다고 느꼈다.

"그래도 대학생인 타카야랑 만날 수 있어서 정말로 다행이야. 역시 나는 타카야에게 끌리고 있다고 느꼈어. 나이라든가 타이밍 같은 건 상관없이, 나는 언제든지 당신을 찾아낼 수 있다고 말이야."

"응."

나는 끄덕였다. 그녀를 꼭 끌어안았다.

그녀는 내게 안기면서,

"지금의 당신과 만날 수 있는 건 앞으로 이틀 정도일까. 벚꽃이 지면 나는 이 세계에 올 수 없으니까. 그렇게 되면, 미래에서 나를 찾아내 줘."

거기까지 이야기하고, 그녀는 조용히 눈을 감았다. 지친 얼굴은 행복한 것처럼도 보였다. 나는 살며시 이불을 덮어 줬다.

그 후, 나는 그녀에게 미래의 이야기를 들었다.

유치원에서 본 애가 우리의 아이랑 쏙 빼닮았다는 것.

"어떤 애야?"

벚꽃이 떨어지는 벚나무 가로수길을 걸으며 손을 잡고 미래의 아이 이야기를 한다. 무척이나 신기한 기분이었다. 나의 미래가 이렇게까지 따뜻한 세계로 이어져 있다니, 지금까지 생각해 본 적도 없었다.

"다정하고, 귀엽고, 하지만 남자다워."

"그래?"

나는 웃었다. 여러 가지가 모순되어 있다.

"그렇다구. 얼굴 생김새는 귀엽지만, 성격은 남자애야. 엄마는 내가 지킬 테니까! 라고 말해 주는 거 있지."

그녀의 표정은 화사했다. 남자아이는 엄마에게 있어 작은 연인이라는 말을 들은 적이 있는데, 딱 그런 표정이었다.

"역시 말이야, 당신과 닮았어."

"나랑?"

"응. 타카야의 올곧은 성격도. 모두에게 상냥한 점도. 아무도…… 두고 가지 않는 점도……."

"……."

"정의감이 강하고, 귀여우면서도 남자다운 두 명의 왕

자님에게 둘러싸여서 난 지금 최고로 행복해."

가슴 속 깊은 곳이 아플 정도로 꾸욱 옥죄였다.

나는 머지않은 미래에서 그녀와, 그리고 내 분신 같은 아이와 만난다.

지금보다도 늠름한 남자가 되어 있을 것이다. 빨리 어른이 되고 싶다고 생각했다.

"우리는 언제 만나게 돼?"

"이 이상은 비밀이야."

"어째서?"

나는 물었다. 들을 수 있는 정보는 전부 들어 두고 싶다. 잘못된 길을 걸어서 너희들에게 다다르지 못하게 되는 건 싫으니까.

"미리 정답이랑 맞추어 보는 건 재미없잖아."

"그래도, 만나지 못하게 되면?"

"괜찮아. 우리는 분명 이어져 있으니까."

"……."

"나만 잘못하지 않으면, 괜찮아."

흩날려 떨어지는 벚꽃을 바라보면서 그녀가 또렷하게 말했다.

눈을 감으니 맑게 갠 푸른 하늘이 보였다.

시골에 있는 단독주택. 나는 정원으로 이어지는 넓은 툇마루에서 대자로 누워 있다.

정원에는 여러 번 빨아 색이 바래진 이불을 너는 너와, 그 옆에는 어렸을 적의 나를 쏙 빼닮은 남자애가 있다.

'그런 곳에서 누워만 있지 말고, 당신도 도와줘!'

야단을 맞고 있다. 털썩, 하고 배에 납덩이처럼 묵직한 것이 올라타 괴로움에 눈을 떠 보니,

'아빠! 엄마를 도와줘!'

귀여운 남자애가 내 배 위에서 성을 내고 있다. 성난 얼굴은 그녀 쪽을 닮았을지도 모르겠다.

'빨리, 빨리.'

나는 남자애 손에 이끌려, 푸르른 산들로 둘러싸인 넓은 정원 한가운데로 간다.

유키와 남자애랑 함께, 갓 빨래한 새하얀 이불을 빨래 장대에 넌다.

새하얀 이불 너머로 태양이 비쳐 보였다.

지금 내가 본 것은 분명 벚꽃이 데리고 온 환상이다.

하지만 확실히 미래에 있는 것이라고 느꼈다.

분명 그녀는 그 행복을 지키기 위해 이 장소로 찾아온

것이다.

그렇다면 나는 이 현실을 받아들이자.

엉망진창이 되면서도 시공을 넘어 나를 만나러 온 그녀의 사랑을 받아들이고 싶다.

"알았어. 묻지 않을게."

우리는 분명 미래에서 만날 수 있을 것이다. 그것이 운명이라면.

"그래도 꼭 찾아내 줘."

"어느 쪽인데."

마음이 약해진 그녀의 말에 웃음이 새어 나왔다.

"약속이야."

"알았어. 약속."

"타카야…… 사랑해."

어느 쪽의 내게 하는 말일까. 그런 생각을 하며 그녀를 바라봤다.

서로의 몸을 끌어안자 심장 소리가 겹쳐져서 하나가 되었다.

대부분의 꽃잎이 지고, 이윽고 하얀 꽃을 떨어뜨리기 시작한 벚나무 아래에서 우리는 다시 키스를 했다.

최종장

우리는 남은 시간을 소중히 지내기로 했다.

그 시간을 나는 전부 그녀가 미소 짓게 만드는 데 쓰는 것이 좋겠다고 생각했다.

그녀에게 무엇이 하고 싶냐고 묻자 "어떻게 할까나."라고 고민한 뒤, "한 번이라도 좋으니까 좌선을 해보고 싶어."라고 했다.

설마 그렇게 나올 줄이야. 매우 난처해진 나는 어젯밤에 치에코 이모에게 물어본 것이다.

"여기?"

"그래. 여기서 좌선을 할 수 있다는 것 같아."

치에코 이모가 알려준 곳은 케이한 본선 기온시죠역에

서 조금 걸어간 곳에 있는 켄닌지, 료소쿠인이라는 절이었다. 보통은 개방하지 않는 사원이지만, 부정기적으로 좌선을 하고, 그 후에 승려의 설법을 들을 수 있는 모양이다.

그 사실을 그녀에게 전하자, "오늘 갈 수 있다니 횡재네."라고 했다.

"정말, 운이 좋네."

우리는 사원으로 향했다.

그곳은 기온 한복판에 서 있는 절이라고는 생각되지 않을 정도로 녹음이 풍부한 절이었다.

넓은 다다미방으로 안내를 받은 뒤, 우리는 마주 보고 앉아 좌선을 했다.

절에 흐르는 맑은 공기를 들이마시며 깊게 호흡하면 마음이 씻겨나가는 듯한 기분이 든다.

그저 조용히 흘러가는 시간에 몸을 맡기고, 눈을 감아 '무'에 가까워지는 감각은 무척이나 기분이 좋았다.

—'벚꽃 밑으로 가면 감각이 예민해져.'

벚꽃 밑에 있는 그녀는 분명 이런 기분이었으리라.

흔들흔들 넘실거리는 물결에 몸을 의지하고, 시간의 흐름에 몸을 맡겨, 그리고 강하게 염원하면 분명 그녀는 날 수 있는 것이다.

높이, 멀리, 바란 장소로.

무척이나 불가사의한 일이지만, 그녀라면 분명 가능할 것 같은 느낌이 들었다.

감고 있던 눈을 떠서 그녀를 보자, 우연의 일치인지 눈을 뜬 그녀와 시선이 마주쳤다.

나를 향해 미소 지은 그녀의 어깨를 누군가가 뒤에서 톡톡 두드렸다.

아차, 하는 생각이 든 순간 그녀의 어깨에서 파앙, 하는 듣기 애처로운 소리가 났다.

"재미있었지."

"아파 보이기도 했지만 말이야."

"응. 맞았을 때는 확실히 아프다고 생각했지만, 실은 그렇게 아프지 않았어. 때리는 게 능숙한 걸까?"

"때리는 게 능숙하다니, 그런 게 있어?"

그녀의 발상은 조금 독특해서 재미있다.

"있어! 인플루엔자 예방 접종할 때도 맞기 전까지는 아프잖아! 하지만 실제로는 의외로 아프지 않은 경우도 있어. 그건 주사를 놓는 게 능숙해서 그런 거래도!"

맞기 전까지는 아프다니, 그건 신체적인 것이 아니라 정신적인 거 아닌가?

나는 소리 내어 웃었다. 역시 그녀의 순수한 점이 좋다.

"우우, 왜 웃는 거야……."

그녀를 만나 사랑에 빠지고, 연인이 된 지 며칠이 지나서야 겨우 서로의 거리가 줄어든 것처럼 느껴졌다. 서로 숨기는 것이 없어졌기 때문일지도 모른다.

그런 그녀와 더욱 함께 있고 싶다. 너의 옆모습을, 부루퉁한 표정을 더 바라보고 싶다.

그렇게 간절히 바란다 한들, 그 시간은 이제 곧 끝나 버리지만.

"와! 마이코*가 있어!"

그녀는 하나미코우지거리의 가게에서 나온 기모노 차림의 여성을 발견하고는 달려갔다.

아름답게 틀어 올린 머리에 마이코풍 화장, 붉은 입술, 우아한 기모노 차림.

어딜 어떻게 봐도 마이코의 풍모라, 외국인 여행자가 사진을 촬영하는 걸 간절히 청하고 있었다.

그 모습을 조금 먼 장소에서 눈을 빛내며 보고 있는 그

---

* 게이샤가 되기 전의 수업 기간에 있는 소녀

녀에게 나는 살며시 말했다.

"저 사람, 분명 관광객이야."

"거짓말?!"

"마이코 체험이라는 걸 해볼 수 있다고 치에코 이모가 말했었어."

"그런 거야? 하지만 어딜 어떻게 봐도 마이코로밖에 안 보이는데."

"봐, 기모노 자락이 짧지? 저건 관광객용으로 자락을 자른 거래. 진짜 마이코가 입는 기모노는 자락이 길어서 아랫단을 들어 올리고 걸어. 신발의 높이도 더 높다는 것 같다더라?"

"몰랐어."

"마이코는 게이코 수업 중인 몸이니까 좋아하는 가게에 출입하는 건 금지사항이라고도 가르쳐주셨거든. 만약 만날 수 있다고 한다면……."

"이거, 떨어뜨리셨는데요?"

이야기하는 도중에 뒤에서 누군가가 말을 걸었다.

뒤돌아보니 손수건을 손에 든 기모노 차림의 소녀가 있었다.

화장은 하지 않았고, 머리도 틀어 올리고 있지는 않다.

'만약 만날 수 있다고 한다면, 연습을 끝내고 돌아가는 길의 민낯인 마이코일 거야.'

나는 치에코 이모의 말을 떠올리고 그녀에게 귀엣말했다.

"진짜 마이코야."

그녀는 뺨을 새빨갛게 물들이고 떨어뜨린 손수건을 받아 들고는, 악수를 하고 있었다.

"와아, 야호! 진짜 마이코랑 만났어!"

뺨을 물들인 그녀와 교토의 거리를 걷는다.

"설마 진짜 마이코랑 만날 수 있을 거라고는 생각지 않았는데. 그 애, 아직 조그마했지? 고등학생 정도일까?"

"어떠려나."

"이것 봐, 또 그런 식으로 말하지."

"그 말투는 마음이 반밖에 담겨 있지 않다고 생각해, 라는 거지?"

"그 말대로입니다."

그런 이야기를 하고 웃으면서 우리는 교토의 거리를 걸어 다녔다.

그녀와 돌아본 복고풍 찻집, 비밀을 털어놓은 카모가와

강, 그녀와 지낸 짧고도 진한 일상이 떠오른다.

"좋은 거리였지."

빨간 불로 변한 건널목에서 옆에 있는 그녀가 불쑥 말했다.

그녀는 평온한 표정으로 이 마을을 보고 있었다.

"가자?"

신호가 녹색 불로 바뀌어 그녀가 작은 손바닥을 이쪽으로 향했다. 나는 그 손과 함께 곁들여진 꽃 같은 미소에 이끌렸다.

"응……."

나는 걸으면서 생각했다.

그녀는 이 마을을, 옆에 있는 나를 떠올리고자 하고 있는 것이다, 라고.

그건 어쩔 수 없는 것이리라.

알고는 있지만, 차가운 바람이 가슴속을 훅 불어 지나갔다.

"그런 얼굴 하지 마."

건널목을 다 건너고, 큰길로 이어지는 작은 길로 접어들었을 때 그녀는 말했다.

그야…… 그런 표정도 지어지기 마련이야. 나는 그렇게

생각했다.

이제 곧 너는 원래 세계로 돌아가게 되니까.

설령 미래에서 나와 그녀의 운명의 실이 이어져 있다 하더라도, 여기서 헤어지면 우리는 당분간 만날 수 없다.

그 시간을 나는 모른다.

어느 정도의 계절을 혼자서 보내면 이 너구리처럼 귀여운 그녀와 만날 수 있는 걸까.

미래를 얻기 위해 지금의 그녀를 잃어야만 한다는 사실이 이렇게나 슬픈데도, 유키는 나와 같은 기분은 들지 않는 걸까?

태연하게 있자. 그녀와 보내는 남은 시간을 평온한 미소가 끊이지 않는 시간으로 만들자. 그렇게 생각하고는 있지만, 어떻게 해도 마음이 말을 듣지 않았다.

"나 말이야."

가로등의 소음이 멀어져 아련해지고, 내 귀에 닿는 소리는 그녀의 목소리뿐이었다.

그녀의 속눈썹 안 깊은 곳에서 덧없는 쓸쓸함이 보인 듯한 느낌이 들었다.

"당신의 과거에 세 번 갔었어."

그렇게 말하는 그녀의 머리카락이 살랑 나부꼈다.

그녀는 바람처럼 날아올라 시공에 올라타서, 나의 과거로 점프했던 것이리라.

"어째서 세 번이야?"

나는 그렇게 물었다.

"당신 어머니께서 가르쳐주셨어. 타카야 씨가 위험한 일을 겪은 건 당신이 10살, 15살, 20살 때의 봄이었다고."

문득 변덕이 심한 봄의 사신이 5년 간격으로 내 목숨을 노리고 있었던 걸까, 하고 생각했다. 진실이 어떤지는 아무도 알 수 없지만.

과거에 그녀의 모습을 본 건 아니지만 나는 그때의 일을 또렷하게 기억하고 있었다.

지금 생각해보면 전부 그녀가 한 말 대로였다.

내 주위에서 무언가가 사라진 것은 초등학교 5학년 때의 봄, 고1 때의 봄, 그리고 지금, 20살의 봄이었다.

"나는 필사적이었어. 어느 사고가, 어느 상처가 장래의 당신에게 후유증을 남기는 것인지 알 수 없었어. 그래서 위험하다고 생각한 것을 전부 없앴어……."

그 광경을 떠올린 그녀의 눈동자에 눈물이 차오른 것이 보였다.

얼마나 힘들었을까.

감사의 마음을 담아 한 번 끄덕이자, 그녀는 천천히 뒷말을 이었다.

"10살 때의 봄, 15살 때의 봄, 그런 식으로 당신에게 닥치는 위험을 전부 날려 버리고 원래 세계로 돌아오니, 25살 타카야 씨의 상태는 점점 좋아져 갔어. 의식도 없고, 병원에서 온종일 자고 있었는데, 얼마 지나니 타카야 씨가 눈을 뜨고, '유키…….'라며 이름을 불러줬어. 손을 잡아줬어. 머리를 쓰다듬어줬어……. 나는 눈물이 나올 정도로 기뻤어……."

그녀의 깊은 사랑의 말에, 떨리는 목소리에 내가 눈물이 나올 것만 같았다.

북받쳐 오르는 뜨거운 것을 그저 감추는 것처럼, 나는 물었다.

"지금의 나는……, 어떻게 지내고 있어?"

물어봐서는 안 될 것 같은 느낌도 들었지만, 알아 두고 싶었다.

"타카야 씨는 지금 초등학교로 출근하고 있어."

"일할 수 있을 정도로 건강해진 거구나……."

내가 안도하여 한숨을 내쉬자, 그녀는 시선을 돌리고는 말했다.

"휠체어를 타고…… 말이지만……."

그래서인가, 하고 나는 생각했다.

그녀가 소중히 지니고 있던 세 장째의 가족사진은 세 살이 된 남자아이와 유키, 그리고 휠체어에 타고 있는 어른이 된 내가 찍혀 있었다.

지금, 20살인 내 곁에 그녀가 있는 건 휠체어 생활이 된 원인을 제거하려는 것임을 그제야 알 수 있었다.

그녀는 계속 내 옆에서 잔뜩 긴장하면서 미래의 내게 이어지는 사고를 막으려 하고 있다.

그 행동은 자연의 섭리에 반하는 것일지도 모른다.

하지만 만약 내가 그녀와 같은 입장이라면, 분명 자신의 목숨을 깎아서라도 그녀의 과거로 가서 그녀의 목숨을 지키고 싶다고 생각할 것이다.

진정한 사랑이란 건 분명 그 사람이 살아주기를 바라는 것이라고 생각하니까.

그 사람이 행복하기를 언제까지고 바라는 것이라고 생각하니까.

"그렇구나."

그때, 그녀가 몇 번이고 몇 번이고 내 얼굴을 물끄러미 바라보고 있었던 이유를 알았다.

'나는 제대로 잘하고 있어? 무사히 미래의 당신을 구하고 있어?'

그녀는 흘러가는 시간 속에서 계속 싸우고 있었던 것이다. 내 목숨을 이어 가기 위해.

"유키……."

나는 그녀에게 손을 뻗어 품 안으로 끌어당겼다.

"타카야, 남들이 보고 있어……."

사람들이 골목길에 서 있는 우리를 힐끔힐끔 보며 지나쳐 간다.

하지만 그런 건 아무래도 상관없었다. 그저 지금의 마음을 그녀에게 전하고 싶었다.

이렇게나 깊은 사랑을 계속해서 주고 있는 이치이 유키에게—.

"유키…… 정말 많이, 고마워."

"……응."

"그래도, 이젠 괜찮아."

"어?"

"요전에도 말했잖아? 이제 힘내지 않아도 돼."

미래의 나와 비교하면 지금의 나 같은 건 아직 어린애고, 믿음직스럽지 못한 남자일지도 모른다.

하지만 너를 생각하는 마음은 분명 같다.

"믿음직스럽지 못할지도 모르지만, 날 의지해 줘. 나 역시 널 지키고 싶어—."

내 품 안에서 잔뜩 긴장해 있던 어깨의 힘이 빠진 것을 알 수 있었다.

내 이마에 그녀가 자신의 이마를 갖다 대자, 홀쭉 마른 어깨가 작게 떨렸다.

미래의 내가 일어서는 걸 꿈꾸고 있는 그녀에게, 지금의 내 모습은 어떻게 보이는 걸까.

어떠한 마음으로 이 장소에 와 있는 걸까.

"유키, ……사랑해."

지금도, 앞으로도, 언제까지나 너만을—.

그런 마음을 품으며 그녀를 끌어안은 나는 '지금'의 행복이 사라지는 게 더할 나위 없이 괴롭다고 느꼈던 조금 전까지의 자신이 무척이나 작게 느껴졌다.

나의 미래에서 이 사람이 기다려 준다면, 그 이상의 행복은 없다.

그러니 이 앞의 미래가 어떻게 되건, 결과적으로 미래는 변하지 않고 휠체어 생활이 된다 할지라도 분명 나는 행복할 것이다.

이만큼 날 사랑해 주는 사람과 만날 수 있으니까—.

나는 떠올렸다.

가족사진에 찍힌 미래의 내 표정은, 마음에 스며드는 듯한 상냥한 미소를 띠고 있었다.

* * *

아무리 맑은 날이라고 해도, 초봄의 이른 아침 기온은 아직 낮다.

나는 웃옷을 걸치고 '키쿠야'로 향했다. 주방에는 이미 불이 켜져 있다.

뒷문을 통해 주방으로 들어가자 벚나무 잎의 향기가 아련하게 감돌고 있었다. 그 안쪽에서 앞치마를 입은 커다란 뒷모습이 보인다.

"이모부, 안녕하세요."

"오, 그래. 약속했던 시간보다 빨리 왔구나."

"네. 오늘은 잘 부탁드립니다."

그렇게 말하고, 이모부에게 고개를 숙였다.

오늘은 이모부에게서 화과자 만드는 법을 배우기로 약속했었다. 가게 앞에 서서 일하면서 계속 동경하고 있었다.

"우선은 옷 갈아입고 손 씻고 오거라. 그게 끝나면 반죽 만드는 것부터 시작할 거다."

나는 이모부의 말에 고개를 끄덕이고, 옷차림을 정돈한 뒤 손을 씻었다. 그리고 이모부가 가르쳐준 분량대로 도묘지식 찹쌀가루와 고급 백설탕을 그릇에 넣고, 찹쌀가루의 낱알을 부수지 않도록 세심하게 섞어 갔다.

"그래. 그 정도면 됐다. 다음은 손에 시럽을 바르고, 손바닥에 반죽을 올린 뒤 반죽 중앙에 팥소 덩어리를 올리는 거다."

이모부의 말대로 나는 손바닥에 반죽과 팥소 덩어리를 올렸다.

"다음은 반죽을 닫는다. 손끝을 잘 사용하거라."

"이렇게요?"

"그래."

이모부의 말대로 손끝으로 반죽의 입구를 오므라뜨려 단단히 닫았다.

"그러고 나서 그 찹쌀떡을 볏섬 모양으로 만들어서, 마지막에 소금에 절여 둔 벚나무 잎으로 둘러싸는 거다."

이모부의 말대로 찹쌀떡을 볏섬 모양으로 정돈하고, 마지막에 벚나무 잎으로 둘러쌌다.

"다 됐다."

손바닥 위에 못생긴 벚꽃 찹쌀떡이 올려져 있다.

나는 처음으로 스스로의 손으로 화과자를 만들었다.

어젯밤, 그녀와 헤어진 뒤 가랑비가 내렸다. 촉촉한 봄비로 인해 벚꽃의 꽃잎들은 대부분 지고 말았다. 아직 조금 남아 있는 꽃잎들을 보면서, 그녀와 만날 수 있는 건 오늘로 마지막이라고 생각했다.

나는 그녀를 미소 지은 표정 그대로 미래로 보내고 싶다. 오늘은 내 손으로 그녀를 미소 짓게 만들고 싶었다. 그리고 어젯밤에 이모부에게 부탁한 것이다. '화과자 만드는 법을 가르쳐 주세요.'라고.

이모부는 흔쾌히 받아들여 주었다. 솜씨가 서투르구만, 하고 웃으면서도 세심하게 가르쳐 주셨다.

"자, 이것도 갖고 가거라."

이모부는 그렇게 말한 뒤, 그때와 같은 시노노메 도라야키도 내 손에 들려 주셨다.

"감사합니다. 다녀올게요!"

나는 못생긴 벚꽃 찹쌀떡과 예쁜 도라야키를 가지고 그녀가 기다리는 벤치로 향했다.

아직 관광객의 모습은 보이지 않았고, 이곳 사람들이 드문드문 산책하고 있을 뿐인 것 같았다.

벤치에 앉자 머리 위에서 벚꽃 꽃잎이 떨어져 내려왔다.

손바닥을 들어 올리자 거기에 꽃잎 두 장이 떨어졌다. 손바닥을 지나쳐 내 어깨에도, 다리에도, 신발 위에도 하늘하늘 흩날리며 떨어졌다.

내게 닿은 꽃잎의 향기가 그녀와의 추억을 데리고 온다.

화과자를 사러 온 그녀를 쫓아가 말을 걸고, 함께 이 벤치에서 화과자를 먹었다. 볼록한 뺨이 풀어질 정도로 미소를 지으며 행복하게 먹는 여자였다.

정말로 화과자를 좋아하는구나. 그런 모습이 귀엽다고 생각해서 보고 있었지…….

"안녕. 빨리 왔네."

깨닫고 보니 그녀가 눈앞에 서 있었다.

"응…… 안녕."

빨리 만나고 싶어서, 라는 말은 그녀를 본 순간 날아가 버렸다.

그 마음은 만나서 기쁘다는 말로 바뀌었기 때문이다.

유키는 한 사람이 앉을 수 있을 만큼 공간을 비워 둔 벤치에 살짝 걸터앉았다.

"유키도 빨리 왔네."

"……응."

곁에 있을 수 있어서 기쁘다. 옆에 있어 주어서 기쁘다. 오늘도 만날 수 있어서, 기쁘다.

기쁘다는 말에 다양한 감정이 따라온다. 그녀를 보면 내 마음은 마구 두근거린다. 나는 만날 때마다 몇 번이나 너에게 사랑에 빠지고 있다.

"뭔가 좋은 냄새가 나네?"

그녀는 코를 킁킁거리며 냄새를 맡고는 말했다.

"실은 벚꽃 찹쌀떡을 가지고 왔어."

"이모부님 특제?"

"아니, 오늘은 내가 만들었어."

엄밀히 말하자면 이모부의 도움을 받으면서, 이지만.

"정말로?!"

그녀의 눈동자가 반짝였다.

나는 갈색 포장지에서 화과자를 꺼내 그녀의 손바닥에 벚꽃 찹쌀떡을 얹었다.

"대단해. 진짜로 만들었구나……."

벚나무 잎도 가운데에 감겨 있지 않은 볼품없는 벚꽃 찹쌀떡을 보고 그녀가 중얼거렸다.

"응. 유키가 기뻐해 주면 좋겠다고 생각해서."

"……고마워."

벚꽃 찹쌀떡을 차분히 바라본 뒤 그녀가 말했다.

그리고 나를 보고, 다시 벚꽃 찹쌀떡을 본 뒤 "먹어도 돼?"라고 물었다.

고개를 끄덕이자, "잘 먹겠습니다."라며 덥석 베어 물었다.

마치 꽃이 피는 것처럼 그녀의 얼굴에 미소가 지어졌다.

"지금까지 먹은 것 중에서 제일 맛있는 걸?"

"그렇게까지 띄워주지 않아도 돼."

"정말이야……. 세상에서 제일 맛있어."

소소한 행복의 시간을 기대했던 내게 찾아온 것은 넘쳐날 듯한 행복감이었다.

현기증이 날 것 같은 미소와 그 말에, 나는 머리끝에서부터 발끝까지 행복하다고 느꼈다.

"유키, 오늘은 언제까지 있을 수 있어?"

"아슬아슬할 때까지일까."

"아슬아슬할 때라니?"

"벚꽃의 꽃가루가 닿지 않게 되면, 나는 이쪽 세계에는 있을 수 없어. 꽃가루가 다 떨어지는 때가 시한이라고 해야 하나…… 나는 자연히 원래 세계로 돌아가 버려. 그러니까 아슬아슬할 때까지. 벚꽃의 마법이 닿지 않게 될 때까지 함께 있고 싶다고 생각하는 걸?"

비가 그친 벚나무 가로수길은 대부분의 꽃이 지고, 가지 이곳저곳에 몇 장의 꽃잎만이 남아 있을 뿐이었다.

아득히 먼 저편까지 온통 연한 벚꽃색이 이어져 있던 수로변도 지금은 발아래가 분홍색으로 물들어 마치 꽃잎으로 된 융단 같았다.

남겨진 시간이 생각했던 것보다도 짧다는 것을 그녀도 분명 깨닫고 있다.

그래서 오늘은 아침 일찍부터 약속 장소로 와준 것이리라.

"응. 나도 아슬아슬할 때까지 같이 있고 싶어."

자연스럽게 그녀를 보고 그렇게 중얼거린 것뿐인데, 그녀의 뺨이 빨갛게 물들어 간다.

화끈거림을 식히려고 뺨을 누르는 모습도, 부끄러움을 숨기기 위해 시선을 돌리고 웃는 모습도 사랑스럽게 느껴졌다.

"조금 산책할까."

"응."

"이 근처에서 가장 큰 벚나무를 보러 가자."

유키가 고개를 끄덕였고, 나는 그녀의 손을 이끌며 걸었다.

우리는 남은 봄을 즐기며 대화를 계속했다. 사람들의 왕래는 아직 적다.

수로변의 벚나무와 비교하면 아직 꽃이 많이 피어있으리라고 생각해서 와 봤는데, 그렇게 큰 차이는 없었다.

"아쉽네."

"뭐가?"

"큰 벚나무 밑으로 오면 유키랑 조금이라도 오래 있을 수 있을 거라고 생각했거든……."

과거의 일을 돌이켜보려고 해도, 내 과거는 언제나 색이 바래 보인다.

흑백처럼 보일 때도 있는가 하면, 세피아색으로 보이기도 한다.

과거라서 색이 바래 보이는 게 아니라, 미래를 상상할 때도 그랬다.

내 미래에 평온한 경치 같은 건 존재하지 않는다, 그런 감각이 항상 따라다니고 있었다.

하지만 옆에 네가 있는 덕분일까. 네가 미래의 편린을 내게 이야기해 주었기 때문일까.

내가 상상하는 미래는 따뜻하고 온화한 경치로 에워싸이고, 그 의식 속에서 벚꽃색이라는 색깔이 생겨났다.

전부 네 덕분이다.

미래에 기대 같은 건 하고 있지 않았던 나의 세계에 길이 보이고, 그 주위의 경치는 따뜻한 색채로 꾸며져 있다.

그 길을 빨리 걷고 싶다.

그렇게 바라는 내 마음을 상냥하게 감싸듯이 그녀는 미소 지었다.

그리고 눈을 내리뜨고, 떨어져 내려온 벚꽃 꽃잎을 집으며 말했다.

"나는…… 산벚꽃이 아름다운 현에서 나고 자라서 말이야……."

"응."

"나는, 그 마을에서 조금 별난 애라는 말을 들으며 자랐어……."

"그건 유키가 가진 능력 때문에?"

"응. 맞아…… 나는, 아니, 나만이 봄이 되면 여러 가지 것들을 날려 보낼 수 있었어."

남들과 다른 능력을 가진 자. 우리는 사회적 소수파. 사람들은 그걸 마이너리티라고 부른다.

"모두들 나를 무서워했어. 피해 갔지. 나는 줄곧 외톨이였어."

그 감각은 섬세한 어린아이의 마음에 깊은 상처를 입힌다.

스스로는 어찌할 수도 없는 아픔을 이해해 주는 사람은 없다.

그저 어떻게 해야 좋을지 몰라 발버둥 치며 괴로워할 뿐인 것이다.

"계속 사람을 피하며 살아왔어. 내가 있으면 민폐라고 생각했거든. 그건 어른이 되어서도 변하지 않았어. 나는 이대로 혼자 조용히 살면서, 사랑도 알지 못하고 조용히 죽을 거라고 생각했지……. 그럴 때, 타카야 씨가 나타난 거야.

타카야 씨는 시간을 들여 나와의 거리를 좁혀 주었고, 나는 처음으로 이 능력을 털어놓았어. 타카야 씨는 있는 그대로의 나를 받아들여 줬어. 나는 그에게 이끌렸지. 처음으로 해본 사랑이었어. 그리고 몇 날 밤을 함께 산책했어. 그때 그가 나한테 불쑥 말해준 거야."

"무슨 말을?"

"나는 우리 반 학생들에게 지우개는 쓰지 않아도 된다

고 말하고 있어, 라고."

"지우개?"

"그래. 진지한 얼굴로 갑자기 무슨 말을 하는 건가 싶어 깜짝 놀랐어."

그녀는 그렇게 말하며 웃었다. 무척이나 따뜻한 미소였다.

"지우개를 쓰지 않는 수업을 하면 다른 선생님에게도, 학부형에게서도 한소리 듣는대. 그래도 타카야 씨는 그걸 계속하고 있다는 거야."

나는 어째서일까……하고 생각했다.

그런 건 비판을 받을 게 뻔한데.

"대학교 3학년 때의 수업에서 배웠대. 프랑스의 학교는 지우개를 쓰지 않는다고."

"그럼 뭘 써서 지우는데?"

나는 그렇게 물었다.

나는 아직 배우지 않은 수업 이야기였으니까.

"안 지운대."

"뭐?"

"틀린 것도 일부러 남겨둔다는 모양이야."

내가 했던 말을 떠올리는 것처럼, 그녀는 먼 곳을 바라보는 듯한 눈으로 이야기를 계속했다.

"프랑스의 교육 방법은 지우개를 사용하지 않아. 잘못된 건 이중선으로 고치지만, 일부러 남겨둔다고 해. 그건 정답보다도 사고방식이나 과정을 중요시하기 때문이라는 거야. 그걸 유도하는 방식이 아름다우면, 설령 정답이 아니어도 점수를 준다는 것 같더라?"

그건 내가 모르는 나라의 교육법이었다.

"지우개를 사용하지 않는 프랑스의 아이들은 하나의 답에 이르기까지, 다양한 생각이나 답이 있다는 걸 깨닫는다고 해. 다양한 사람들의 생각이 있고, 그에 이어지는 인생이 있어. 인생의 정답은 하나가 아니라는 걸 아는 아이들은 잘못된 것도, 타인과의 차이도 배제하지 않고 자신의 인생을 사랑하는 것처럼 타인의 인생도 사랑할 수 있게 돼. 내가 맡은 아이들도 그렇게 자라줬으면 해…… 그 사람은 그렇게 말했어."

"……."

"그건 분명 상냥한 세상을 만드는 방법일 거야."

"……."

"좀처럼 잘되지 않아서 혼이 나기 일쑤지만. 그렇게 말하고는 있는 힘껏 웃는 그 사람을 보고 나는 생각했어. 이런 사람이 있어 준다면, 나도 한 번 더 힘내 보자고. 다시 한번, 미래를 믿어 보자고……."

"……."

"타카야 씨 같은 사람이 한 사람이든 두 사람이든 늘어 준다면…… 이 세상은 분명 상냥한 세상으로 변할 거라고 말이야—."

그녀의 말이 내 가슴을 에는 듯이 꽂혔다.

우리는 사회적 소수파. 마이너리티였다.

그 연약함과 괴로움이 힘이 되어 미래를 바꾸고 싶다고 바라는 것일지도 모른다.

부디 소중한 네가 있는 이 세계가, 소중한 아이들이 자라는 이 세상이 더욱 상냥한 세상이 될 수 있기를—이라며 말이다.

"미안. 이야기가 너무 길었지…… 조금 목이 마르네? 뭔가 마실 것 좀 사올게."

그녀가 일어서서 조금 전에 걸어왔던 길에 설치된 자동 판매기 쪽으로 갔다.

분명 이것도 쑥스러움을 감추기 위한 행동 중 하나일 것이다.

그녀는 달아오른 표정을 남이 보는 걸 언제나 부끄러워 하니까.

나는 그녀가 돌아오는 것을 이 장소에서 기다리기로 했다.

바로 근처에 있다고 생각했는데, 실제 거리는 생각했던 것보다 멀었던 모양이다.

좀처럼 그녀가 돌아오지 않기에 그쪽으로 눈길을 향하자, 그녀는 아직 자판기 앞에 있었다. 주스를 하나 손에 들고, 다른 하나를 어떤 거로 할까하고 고민 중인 듯했다.

그 너머로 사람들의 모습이 보였다. 이제 곧 정오니까 꽃구경을 하러 온 사람들이 늘어난 것이리라.

수로변에 파란 시트를 펼치는 커플. 그 옆에는 도시락을 든 가족의 모습도 있었다. 어린아이들이 수로변만으로는 부족하다는 듯이 벚나무 주위에서 술래잡기를 시작하고 있었다. 벚나무 가로수길 밑을 걷는 노인의 모습도 보인다. 막바지에 접어드는 평온한 봄을 다들 각자의 방식으로 즐기고 있었다.

무척 조용한 봄날이었다. 조용한 날에 꽃구경을 할 수 있어서 다행이다.

그녀가 주스를 가지고 돌아오면, 이모부가 주신 시노노

메 도라야키라도 먹을까. 분명 그녀는 기뻐해 줄 것이다.

그때, 자판기가 덜컹거리는 큰 소리를 냈다.

그 소리에 반응하여 다시 그녀 쪽을 보자, 그녀도 나를 보고는 '깜짝 놀랐어'라는 듯한 얼굴로 미소 지었다.

비쩍 야윈 손으로 캔 주스를 들어 올리는 그녀를 봄 안개가 엷게 감쌌다.

하늘을 살짝 올려다보니, 잿빛 구름으로 뒤덮여 있었다.

최근 날씨가 불안정하다.

비가 내리거나 그치기를 반복하는 하늘에 부디 버텨 달라고 바라지만, 주변을 감싼 안개의 깊이는 더욱 짙어졌다.

바람은 닿지 않았던 모양이다.

비가 내리기 전에 그녀를 데리러 가려고 일어선 그때,

"꺄악!"

어디선가 새된 비명 같은 목소리가 들려왔다.

한순간 그녀의 목소리인가 싶어 초조해했지만, 목소리는 그녀가 있는 장소와는 반대쪽에서 들려왔다.

내 쪽에서 봐서 왼쪽에 있는 그녀.

그리고 오른쪽에서 다시 짧게 토해내진 비명과 개가 사

납게 날뛰며 짖는 소리가 들려왔다.

내 주위는 마치 가을 안개처럼 짙은 봄 안개로 자욱하게 뒤덮여 있어, 지금 무슨 일이 일어나고 있는지 확실하게 알 수 없었다.

바람이 강하게 불었다.

"싫어!!"

벚꽃이 바람에 눈보라처럼 흩날렸다.

"꺄아아악!!"

안쪽에서 연이어 들려오는 비명과 우왕좌왕하며 도망치는 사람들의 발소리에 소름이 빽빽하게 났다.

무슨 일이 일어나고 있는 거지……? 뭐가?

가슴이 묘하게 술렁거렸다.

나는 다리가 얼어붙을 정도의 공포를 느끼면서 비명이 들린 쪽을 봤다.

벚나무 가로수길 안쪽에서 누군가가 여길 향해 걸어오는 게 보였다.

그건 커다란 남자였다.

전신을 새까만 복장으로 감싼 커다란 남자가 길 한가운데를 걷고 있다.

검은 코트 안의 티셔츠는 구깃구깃했고, 바지도 여간 더

러운 게 아니다.

안경 너머에 있는 예리한 눈동자로 주위를 물색하며 걸어오는 그 모습에는 벚꽃을 보는 낌새도, 봄을 즐기는 기색도 없었다. 그 모습은 위화감 덩어리였다.

이상한 분위기에 삼켜질 뻔했을 때, 남자의 손에서 빛나는 물체가 보였다.

그것이 칼이라는 걸 알아차렸을 때, 나는 어떤 말을 떠올렸다.

'봄은 사람을 미치게 만든다.'

—무차별적으로 남을 습격하는 괴한이었다.

남자는 물색하는 듯한 눈길로 주위를 둘러보고 있었다.

거기에는 미처 도망치지 못한 어린아이가 있었다. 남자는 찌르는 듯한 눈으로 그 아이를 봤다.

남자가 표적을 정했다.

"그만둬!"

깨닫고 보니 목소리가 나와 있었다.

남자는 내 존재를 확인하더니, 입가를 일그러뜨리고는 한 발 한 발 걸어 다가왔다.

공포가 급속히 퍼졌다. 뼛속까지 얼어붙는 느낌이 들었다.

"그럼, 너다."

짐승 같은 남자는 땅을 기는 듯한 목소리로 그 말만 하고는, 팔을 번쩍 치켜들었다.

너무나 공포가 큰 나머지 몸을 덜덜 떠는 것 말고는 아무것도 할 수 없었다. 남자는 인정사정없이 내 왼쪽 다리의 허벅지 윗부분을 노려 칼날 끝을 똑바로 내리찍었다.

"안 돼!!"

뒤에서 들려온 목소리와 동시에 주위가 조용해졌다.

고통이 느껴지지 않는 몸을 의아하게 여겨 질끈 감았던 눈을 살짝 떠 보니, 눈앞의 커다란 남자가 사라져 있었다.

주위는 정적에 둘러싸였고, 그 후 소란스러워졌다.

"어떻게 된 거야……?"

"그 남자는?"

어디로 갔지?

주위에서 들려오는 목소리와 내 생각이 이어졌다.

나는 움직이지 않는 머리를 어떻게든 움직여 생각했다.

눈앞에서, 남자가, 사라졌다.

내게 닥친 위험이 눈앞에서 사라졌다.

—이런 일을 할 수 있는 건 그녀밖에 없다.

나는 머리에서부터 찬물을 뒤집어쓴 듯한 기분이었다.

긴장한 표정 그대로 그녀가 있는 자판기 쪽을 보자, 어느새 봄 안개는 사라져 그 광경을 선명하게 비추고 있었다.

내 눈에 비친 건 자판기 앞에서 작게 웅크려 앉은 그녀였다.

"유키!!"

다리를 한 걸음 움직이는 것만으로도 몸이 삐걱삐걱 소리를 낸다. 몸도 입가도 굳어진 채 나는 엉키는 다리를 질질 끌다시피 하며 그녀 곁으로 뛰어갔다.

"어째서, 어째서……!"

헛도는 마음이 채 말이 되어 나오지 않는다.

단지, 그녀의 얼굴은 새파랬다.

한때 토실토실했던 뺨은 삐쩍 말랐고, 매끈했던 팔다리는 막대기처럼 보였다.

"괜찮아…… 이제 두 번 다시 돌아올 수 없을 정도로…… 멀고먼…… 산속으로…… 날려 보냈으니까……."

그녀가 띄엄띄엄 말했다.

간신히 숨을 내쉬고 들이쉬는 수준의 상태였다.

"……그런 짓을 했다가는."

그렇게 비쩍 야윈 모습으로 모든 힘을 써 버리고 만다면.

너의 목숨은 다해 버리고 마는데도—!

"미안해…… 필사적이었어…… 순간적으로…… 당신들을 지키고 싶어서…… 나는……."

그녀의 시선 끝에는 내가 있었고, 내 뒤에는 작은 남자아이가 있었다.

남자아이는 그 자리에서 파들파들 떨고 있었다. 나중에 쫓아온 아이의 엄마가 남자아이의 온몸을 감싸듯이 강하게 끌어안고 있다.

그 모습을 보고 그녀는 "다행이야……."라고 말했다.

거칠거칠하게 메마른 피부 위에 떨어진 눈물이 스며들어 간다.

내 눈물이 그녀의 피부를 벚꽃 잎으로 바꾸어 간다.

황급히 닦았지만, 그녀는 몸 가장자리에서부터 벚꽃 잎으로 변해 갔다.

꽃잎은 지면에 닿자 눈처럼 녹아내렸다. 마치 그 존재를 지워 없애는 것처럼.

"벚꽃의 성분을…… 너무 많이 흡수해버렸나……."

그녀는 몸 끝부분부터 조금씩 꽃잎으로 변해가면서도 끝까지 미소를 잃지 않고 말했다.

반투명한 몸은 희미하게 빛나며 그녀의 몸을 복숭앗빛

꽃잎으로 스르르 바꾸어 갔다.

"안 돼! 유키! 이런 건 싫다고—!!"

벚꽃 잎으로 변해 가는 유키의 손을 붙잡았다. 그 꽃잎은 내 체온으로 녹아 갔다.

아아, 나 때문이다.

나를 구하기 위해 그녀는 남은 힘을 전부 써 버리고 말았다.

약속했는데. 자신의 목숨은 스스로 지키겠다고. 그렇게 약속했을 터인데—.

무모하고 무력한 자신이 싫어진다.

어째서 그녀 앞에서 위험을 무릅쓰고 만 거지…….

어째서 그녀 쪽으로 가지 않았던 거지…….

어째서 그녀의 목숨을 제일로 생각하지 않았던 거지…….

"유키!!"

사라져 가는 그녀에게 나는 아무것도 해줄 수 없었다.

그저 외치는 것 말고는 아무것도 할 수 없는 내게 그녀는 살짝 중얼거렸다.

"그런 얼굴…… 하지 마……."

"그래도……!"

그저, 분하다. 앞으로 얼마 남지 않았었는데.

나는 너를 무사히 미래로 돌려보내야만 했는데—.

"나는 타카야가 역시나 '타카야 씨'라서 기뻤는걸."

"……."

"저 애를 지켜줘서, 기뻤어……."

"……."

"난, 당신을 만날 수 있어서…… 정말로 행복했어……."

"……."

"고마워…… 타카야……."

……사랑해.

그녀는 목소리가 채 되지 못한 사랑의 말을 남기고 자신의 전부를 벚꽃 잎으로 바꾸어서.

하늘하늘하게. 그건 마치 봄날에 내리는 눈처럼—.

"안 돼! 유키!!"

사라졌다.

"싫어어어어어! 유키!!"

내 손 안에도, 발아래에도 대량의 벚꽃 잎들이 떨어지고 있을 뿐이었다.

아무리 큰 소리로 외쳐도 내 목소리는 더는 유키에게 닿지 않는다.

벚꽃이 다 진 봄날 속에서, 그래도 나는 계속해서 외쳤다.

"유키! 유키!!"

유키!!

유키—!!

에필로그

세상에서 가장 소중한 사람과 만났다.

그 사람은 너구리처럼 귀엽고 어린애처럼 순수하며, 어른 여성처럼 늠름했으며.

내 목숨을 지키기 위해 미래에서 온 사람이었다.

내 손바닥의 생명선은 그 사건 이후로 훨씬 길어졌다.

20살에서 끊어져 있던 생명선은 80살, 아니, 100살 정도까지 뻗어 있다.

그녀는 성공한 것이리라.

내게 닥치는 위험을 전부 없애고, 완벽하게 나를 지킨 것이 된다.

하지만 나의 미래는 어두운 채였다.

—'나는 당신이 없으면 살아갈 수 없어.'

카모가와강 강변에서 그녀가 그렇게 말했다.

그건 나도 마찬가지다.

내 인생 속에 네가 없다면, 내가 살아갈 의미 같은 건 없다.

그렇지만, 그녀가 없어져도 하루하루는 계속되었다. 나는 그저 매일 호흡만을 하고 있을 뿐이었다.

눈이 내리면 사라진 그녀를 떠올리고, 봄이 되면 벚꽃의 모습에서 그녀를 보았다.

화과자를 보면 그걸 베어 문 볼을, 행복해 보이는 미소를 떠올리고, 에둘러 말하면 '그건 마음이 반밖에 담겨 있지 않다고 느껴져'라며 어디선가 그녀의 목소리가 들려오는 듯한 기분이 들었다.

그건, 내 인생의 절반을 그녀가 만들었으니까.

내 목숨은 그녀가 지켜준 목숨이었으니까—.

벚꽃 색깔이 더해진 내 인생이 또다시 세피아색으로 돌아갔을 뿐이지만, 나는 그걸로 됐다고 생각했다.

그녀가 없는 인생 따위, 더는 내 인생이 아니다—.

어느샌가 여름이 끝나고 가을이 와 있었다.

노란색으로 변한 나무들이 가을바람에 산들산들 흔들린다.

희미하게 배어나오는 듯한 햇살 속에서 시원하고 맑은 공기를 뺨으로 느꼈다.

"이치이?"

대학 강의가 끝나고 혼자 캠퍼스를 걷는 내게 세리자와가 말을 걸었다.

"아, 세리자와. 무슨 일이야?"

"아니. 오랜만이라서……."

그녀는 거기까지 말하고 말문이 막혔다.

언제 봐도 예쁜 여자애라고 생각했다.

하지만 내 사고는 거기서 멈췄다. 그녀를 보며 그 이상의 것은 느껴지지 않았다.

"나, 그때 실례되는 말을 했었으니까…… 계속 사과하고 싶다고 생각해서."

"뭔가 말했었던가."

"어?"

"벌써 다 까먹었어. 괜찮아."

그 말만 하고는 그녀 앞에서 떠나갔다.

지금 내 마음을 가득 채우고 있는 것과 비교하면, 그녀가 한 말 따위는 지극히 사소한 것이다.

부서질 것 같을 정도로 연약한 마음을 품고 있으면서도, 내가 지금 서 있을 수 있는 건 그녀와의 약속이 있기 때문이었다.

나나 그녀 같은 소수파의 인간이 울지 않아도 되는, 그런 당연하게 여겨지지만 당연하지는 않은 세상을 지향하며 앞으로도 살아간다.

그것만이 마음의 버팀목이었다.

진창을 걷는 듯한 발걸음으로 하루하루가 지나갔다.

이렇다 할 것 없는 일상을 담담히 보내던 어느 날, 마지막 아동심리학 수업에서 타카쿠라 교수가 수업의 여담으로 말했다.

"프랑스의 학교, 아니, 유럽의 교육 방침은 지우개를 쓰지 않아."라고.

내 미래와 이어지는 길은, 그 봄에 그녀가 말했던 대로 나아가고 있다.

그 말은 그녀가 남긴 조각이라고 생각했다.

"뭐, 지금 그 이야기는 상관없나."

그 이야기를 끝내려 하는 교수를 향해 나는 조용히 손을 들었다.

"이치이, 왜 그러지?"

"선생님은…… 선생님은 그 방법이 이 나라에 퍼지면 어떻게 되리라고 생각하십니까?"

나는 질문했다. 누군가가 내 등을 밀어주길 바랐다.

"상냥한 세계가 될 것이라 생각하네……."

나는 고개를 끄덕였다. 분명 우리는 세상을 바꾸기 위해 태어난 것이다.

그로부터 나는 그녀와 보낸 봄의 추억을 버팀목으로 삼으며 공부를 계속했다.

이만큼 공부한 적은 여태껏 없었다. 그저, 그렇게 공부하는 것으로밖에 자신을 유지할 수 없었던 것일지도 모른다.

그리고 대학 4학년의 가을, 한 통의 결정 통지서가 도착했다.

거기에는 내 부임지인 초등학교 이름이 적혀 있었다.

'나는 산벚꽃이 아름다운 현에서 나고 자라서 말이야.'

—나라현.

'그 도라야키의 이름, 내가 사는 마을이랑 같은 이름이야!'

―시노노메.

내게로 이어지는 미래를 향한 길이 전부 그녀의 말대로 되어 간다.

'미리 정답이랑 맞추어 보는 건 재미없잖아?'

해답과 맞추어 보지 않아도, 우리는 역시 운명의 실로 이어져 있었던 것이다―.

그렇다면 나는 이 앞의 미래에서 그녀와 아직 만나지 못한 미래의 아이만을 생각하고, 그들을 계속 사랑하며 살아가자.

그렇게 하면 분명 나는 지금보다도 강해질 수 있다.

"시노노메, 시노노메……."

전철을 타고 도착한 장소는 그녀가 말했던 대로 평온한 마을이었다.

먼 산에 벚꽃이 피어 소나무의 녹음과 겹쳐진다.

멀리서 바라보니 왕벚나무 벚꽃은 연한 분홍색 구름 같았다. 벚꽃이 이 마을을 뒤덮고 있다.

이 마을의 벚꽃 아래 어디에선가 그녀가 태어나고 자랐다고 생각하니 눈시울이 뜨거워진다.

이제부터 나는 그녀의 조각을 모으자.

그녀가 사랑했던 이 마을과 훌륭한 이 경치를 사랑하면

서, 나는 이 마을에서 살아가자—.

22살이 된 나는 하나의 결심과 함께 새로운 마을로 발을 한 발짝 들여놓았다.

산벚꽃이 가까이서 보이자, 지나간 과거와 붙들어 둘 수 없는 추억이 소리 없이 넘쳐흘렀다.

봉인하고 있었던 과거를 떠올리듯이, 그녀와의 추억을 하나하나 줍듯이 한 걸음씩 걸어갔다.

어디보자, 이 초등학교로 가려면…….

가지고 있던 지도를 보며 택시 승차장을 찾는 내 앞에서 "꺄앗!"하는 소리를 내며 넘어진 여성이 있었다.

나와 같은 나이 정도로 보이는데 행동도 목소리도 앳되었다.

가냘픈 골격이나 사르르 흘러내리는 윤기 나는 머리카락도 본 적이 있었다—.

내 심장이 두근거리며 크게 울렸다.

"아야야."

나는 넘어져서 쓸렸을 무릎을 문지르면서 목소리를 내는 여성 곁으로 걸어갔다.

그녀에게서 꽃향기가 난다.

에페드린이라 불리는 벚꽃의 물질에 사람은 자기도 모

르는 사이에 이끌리게 된다고 했던가?

그랬었지?

"괜찮아요?"

말을 걸자 웅크리고 있던 그녀가 고개를 살짝 들었다.

그 애는 내게 너구리 같은 귀여운 미소를 짓더니, "아하하."하고 웃으며 말했다.

"저, 덜렁대는 성격이라……. 죄송해요."

넘쳐난 벚꽃 잎이 그녀에 발아래에 있다.

그 꽃잎들 가운데서 보여주는 미소는 그때 그대로였다.

"다친 데는…… 없어요?"

목소리가 떨렸다.

"네. 피가 조금 나긴 했지만, 전혀 문제없어요. 저는 회복이 빠른 편이거든요."

목소리도, 웃고 있는 얼굴도, 따뜻하고 밝은 말투도 그때와 같았다.

이 세상에 존재하는 그녀를 보고, 내 가슴은 쿡쿡거리며 아파 왔다.

어째서…… 그렇게 생각하면서도 나는 그녀와 보낸 마지막 봄을 떠올리고 있었다.

—'유키, 오늘은 언제까지 있을 수 있어?'

—'아슬아슬할 때까지일까.'

—'아슬아슬할 때라니?'

—'벚꽃의 꽃가루가 닿지 않게 되면, 나는 이쪽 세계에는 있을 수 없어. 꽃가루가 다 떨어지는 때가 시한이라고 해야 하나…… 나는 자연히 원래 세계로 돌아가 버려.'

아아…… 그랬던 건가.

그 사건이 있었던 날, 그녀가 사라진 것은 모든 힘을 다 써서 이 세상에서 사라진 게 아니었구나.

그녀의 체력이 완전히 다하기 전에, 벚꽃의 계절이 끝난 것이다.

그녀는 체력이 다해 이 세상에서 사라지기 전에, 자신의 세계로 돌려보내졌다.

분명 벚꽃들이 그녀를 지켜준 것이리라.

불가사의한 세계 속에서 함께 살아온 좋아하는 그녀를 벚꽃들이 지켜준 것이리라.

"무슨 일 있으세요?"

나는 아직 아무것도 모르는 그녀에게 말했다.

"아뇨…… 그저, 기뻤던 것뿐입니다."

네가 살아있어 준 것이, 이 세상에 존재해 주고 있는 것이 이렇게 기쁘다.

의아하다는 듯이 고개를 갸웃하는 그녀의 눈은 아직 소녀처럼 천진난만했다.

아직 사랑도 모르는 무구한 여성이 그곳에 있었다.

"처음 뵙겠습니다. 제 이름은 이치이 타카야라고 합니다. 오늘부터 이 마을에서 신세를 지게 되었어요. ……잘 부탁드립니다."

가슴 안쪽이 삐걱거리는 듯이 쿵쿵 울렸다.

나는 그 소리를 필사적으로 감추고 정중하게 말하며 고개를 숙였다.

"그러셨군요! 아무것도 몰라서 죄송해요. 저는 계속 이 마을에서 살았으니까, 뭔가 모르는 게 있으시면 언제든 말씀해 주세요."

"네. 그러면 실례지만… 이름을 알려주실 수 있을까요?"

아무것도 모르는 너와 산벚꽃으로 뒤덮인 아름다운 이 마을에서.

"제 이름은……."

다시 한번, 새로운 사랑을 시작하자.

돌고 돈 운명의 실이 이어진 이 기적을 살며시 감싸 안고.

누구보다도 소중한 너를 언제까지나 사랑할 것을 여기에 맹세할게.

"사쿠라 유키예요."

너구리처럼 귀여운 너와, 영원히 함께.

– 끝 –

그것은 벚꽃 같은 사랑이었다

초판 1쇄 | 2019년 2월 25일
초판 8쇄 | 2022년 12월 20일

지은이 히로세 미이 | **옮긴이** 주승현
펴낸이 서인석 | **펴낸곳** 제우미디어 | **출판등록** 제 3-429호
등록일자 1992년 8월 17일 | **주소** 서울시 마포구 독막로 76-1 한주빌딩 5층
전화 02-3142-6845 | **팩스** 02-3142-0075 | **홈페이지** www.jeumedia.com

ISBN 978-89-5952-774-8
*파본은 구입하신 서점에서 교환해 드립니다.

제우미디어 트위터 twitter.com/jeumedia
제우미디어 페이스북 facebook.com/jeumedia

만든 사람들
출판사업부 총괄 손대현 | **편집장** 전태준
책임편집 박건우 | **기획** 홍지영, 장윤선, 안재욱, 조병준, 성건우
디자인 총괄 디자인그룹 헌드레드 | **제작, 영업** 김금남, 권혁진